徳間文庫

僕の殺人

太田忠司

徳間書店

目次

1

何から話し始めようか。

僕はいつも、考えてきた。
生まれてきたこと、生きていること、
そして、死んでゆくこと。
僕はずっと、考えてきた。
生まれてきたわけ、生きているわけ、
そして、まだ死なないわけ。
僕のこの十年間は、そんなことを考え続けて過ぎていった。
でも今、やっとその答えが見つかったように思う。

僕は答えを、ここに書き留めておくつもりだ。

それは、少し長い物語になるだろう。


これは、僕の身のまわりに起きたある事件の記録だ。その事件で、何人かのひとが死に、何人かのひとが不幸になった。

僕が生まれる前から始まった事件は、今ようやく終わろうとしている。幕を引くのは、僕だ。事件のすべてを書き記すという形で、事件そのものを封印してしまおう。

この事件の最大の犠牲者。そして、最大の加害者である僕が。

そう、僕はこの事件の犠牲者であり、加害者であり、探偵であり、証人であり、またトリックでもあった。

そして僕は事件の記録者になろうとしている。

はじめは複雑に見えた一連の出来事も、今ではほとんど明らかな形で、僕の前にある。ただひとつの疑問をのぞいて。

こうして書いている間にも、最後の疑問が頭の中を渦巻いている。僕だけが知っているはずの答え。それは、
僕は、一体、誰なのか、ということ……。

2

鏡の前に立つ。

映っているのは、まだ眠い眼をした学生服姿の男の子。僕に向かってしかめっ面をして見せた。

眼鏡をかける。

視界がすうっと狭く、鮮明になった。同時に襲ってくる軽い眩暈《めまい》。眼の前のものすべてが、何か異質な存在に変貌してしまったようで、妙な違和感があった。

昨日の夜から何度もこんなことをくり返していた。自分の顔がどうしても他人の顔のようでなじめない。四角い黒縁の眼鏡は、僕の鼻の上に、いごこち悪そうに載っていた。

おおげさな溜息をひとつして、僕は鏡を閉じた。

昨日の夜読んでいた『異邦人』が机の上に放り出してあった。それを鞄《かばん》に押し込む。

ノックの音がした。

「時間よ、早く！」

泉《いずみ》の声がドア越しに聞こえた。同時に勢いよく階段を駆け降りる音。

僕は身じたくを整え、ゆっくり下へ降りた。

四月だというのにずいぶん寒い朝だった。ダイニングの白いテーブルの上で、温められたミルクが淡い湯気をたてていた。

「おはよう」

先にテーブルについていた泉がトーストにマーマレードをのせながら、言った。

「おはよう」

泉の右隣に腰かけ、僕はミルクの暖かさを掌の中に包み込んだ。

ふと気付くと、泉が僕をじっと見つめていた。瞳の奥に、暗い輝きが見える。

「何？」

首を傾げてみせると、泉はトーストを皿に置いて言った。

「その眼鏡、似合わない」

僕はしかめっ面でそれに答え、上唇についたミルクの膜をぬぐった。

ベーコン・エッグを頰《ほお》ばる。僕の好きなカリカリのベーコンと半熟の黄身。この家のお手伝いさんは千秋《ちあき》さんといって、もう二十年も家事一切を引き受けている。特に料理の腕は最高だった。しかもひとりひとりの好みに合わせてくれる。低血圧の僕が毎日朝食をとっているのは、このひとの実力に因《よ》るものだった。

「似合わないよ、それ」

泉がくり返した。今日はやけに突っかかるな、と僕は従妹《いとこ》の顔を見返した。別にひいき目に見ている訳ではないのだけれど、きれいな女の子だと思う。くっきり引かれた眉の下に、よく表情の変化する眼と小さな鼻。唇は少し尖《とが》っていて、いたずらっぽく見せている。顎《あご》の線がもう少し細くなれば、きっと人目を引くようになるだろう。

ただ困るのは、僕をずっと弟扱いし続けていることだった。一年を棒に振ったために同級になっているとはいえ、僕の方が年上なのだ。なのに泉はいつも姉貴風を吹かせている。いつだって僕を監視下に置いて、なんやかやと干渉していた。これは自立し始めた男の子にとっては、かなり屈辱的なことだと思う。だからこの眼鏡を選ぶ時も、内緒にしていたのだった。泉にはそれが不満なのかもしれない。

僕の気持ちを感じたのか、泉はぷいと横を向いてしまった。かわいく、ない。

僕たちは顔を背《そむ》けたまま、朝食を続けた。

「どうしたの、また喧嘩《けんか》？」

コーヒー・サイフォンを手にした叔母《おば》がやって来て、僕たちの顔を見比べながら、言った。白いトレーナーにブルージーンという軽装で、それがとてもよく似合っていた。泉に似た大きな瞳が困ったように細められる。

「喧嘩なんてしてないわ」

泉がきまり悪そうに言った。僕はうつむいたまま、トーストをかじった。

「ならいいけど。そんな顔、お父様には見せないでね」

「パパ、いるの？」

泉はちょっと驚いたようだった。土曜日に叔父《おじ》が家にいるなんて珍しいことだ。たいていはどこか地方のホテルに視察に行ったまま、帰ってこないはずなのだから。

「ええ、今朝は本社で会議なんですって」

叔母が言い終わらないうちに、叔父が顔を出した。

「おい、飯はいいからコーヒーだけくれ」

「用意してますわ」

長身の叔父がきびきびした足取りで、ダイニングに入って来た。

まだ四十六歳。祖父の跡を継いで十五年で、ホテルだけでなくファミリー・レストランからゴルフ場経営まで数十の事業を含む「胡蝶《こちょう》グループ」の総帥《そうすい》となった、ある意味では怪物的な人物だった。その叔父、真二郎は僕の前に座ってコーヒーに手をつけようとして、そして、息を飲んだ。

「君……」

叔父はいつでも僕を「君」と呼んだ。幼い頃から対等の立場にいる相手のように、そう呼んだ。はじめはそれが誇らしかった。立派な大人から——僕にとって叔父は理想の人間だった——対等に扱われるのが、とても嬉しかった。でも、次第に僕は叔父の態度の底にあるものが判ってきた。叔父にとって僕はいつでも他人なのだ。もう十年も一緒に暮らしているのに、僕はいまだに「お客様」でしかないのだ。

今では「君」と呼ばれるたびに自分がこの家の人間ではないのだと思い知らされているみたいで、いやだった。

「君、その眼鏡……」

「あら、あなたもお気づきになりまして？」

叔母は嬉しそうに言った。

「ほんと、親子ねえ。この眼鏡をかけると似てますわ、雄一郎兄さんに」

父の名前を聞いた瞬間、叔父の肩がびくっと震えた。泉までもが僕の横で緊張したように身を硬くした。

ダイニングの空気が、重苦しくなったように感じられた。

僕たちは通夜の席のように沈んだ雰囲気の中にいた。父の話にはこれ以上触れたくなかった。だからその後は互いに何も話さず、義務を果たしてでもいるかのように食事を口に運んだ。

叔母ひとりが何も気づかずに、いつものようにボランティアで慰問《いもん》した老人ホームの話を際限なくしゃべり続けた。

叔母は、そういうひとだった。


中学へ向かう途中の道。桜はまだ三分咲きだった。風は冷たかったが、それでも春独特のあの切ないような柔らかさを秘めて吹いていた。

そんなかぎりなく優しくなれそうな季節の中を、しかし僕は憂鬱《ゆううつ》な気分で歩いていた。

叔母の言葉が、澱《おり》のように僕の中に沈んでいた。

今まであまり父に似ていると言われたことはない。みんなが遠慮していたのかもしれないが、少なくとも家で言われたのははじめてだった。

それは、嬉しいことではなかった。

泉は僕の隣に並び、時折こちらを気づかわしげに盗み見ながら歩いていた。そして不意に、

「ねえ……」

僕がふり向くと、泉はぽつりと、

「さっきは、ごめん」

僕はそれに答えるつもりで泉の肩を軽く叩いた。泉の体がぴくっと震えた。

今まではずっとそうしていた。喧嘩をしても最後にあやまるのは泉の方。そして僕はすぐ許した。泉の肩か頭を軽く叩いて、それでおしまい。

でも最近、少しずつ何かが変わり始めていた。僕が触れようとすると、泉は脅えたように身を硬くしたり、逃げる素振りを見せるようになった。それでいて僕の方を妙に真剣な眼つきで見つめていたりした。僕も泉のそんな態度のせいで、なんとなく気軽に触ったりできなくなった。

そして、僕は泉に起きた変化が単にそれだけではないということも知っていた。

知らないうちに、体の線が丸みを帯び、指が細くなった。声が少し低くなり、決して前のように甲高い奇声をあげなくなった。時々はっとするほど大人びた表情を見せ

て僕をうろたえさせた。

変化は速かった。ちょっと眼を離すとまるで別の人間になってしまいそうだった。僕は取り残されてしまいそうな気がしていた。

僕は何気ないふりをして、言った。

「明日、フレームを交換しに行くよ」

歩道の真ん中で泉は立ち止まり、泣き出しそうな顔で僕を見た。

「ごめんね」

僕はどうしたらいいのかわからなくなって、立ちすくんでいた。自転車に乗った誰かが、僕たちを冷やかしながら走りすぎて行った。

僕の春、十五歳のある朝の始まりだった。

3

始業式の日には、いつも中途半端な気分になる。

中学三年の最初の日。憂鬱な学校生活のプロローグ。だけど、その日はほんの顔見せ程度で終わってしまい、昼すぎからはまた休日に逆戻り。しかも明日は日曜日だった。精神的にはまだ休み気分からは抜けられない一日なのだ。

始業式の後でクラス編成発表があり、僕は泉と同じクラスになった。小学校の時からずっと同じクラス。そこに叔父の意思が働いているのかどうか、僕は知らない。

「起立、礼。さようなら」が終わると、みんな大急ぎで帰りじたくを始めた。誰もが〝春休み最後の一日〟を無駄にすごしたくないと思っている。

もちろん、僕もそうだった。


「明日はどうする？」

帰り道で泉が訊《き》いた。また僕をお供にして買物にでも出かけるつもりなのだろう。

「病院に行ってくる」

病院にはもう一ヵ月ばかり顔を見せていない。あまり気が進まないけど、息子としての義務もある。

「そう、ちょっとノートを買いたかったんだけどな。……ま、いっか」

泉はあまり気のないような素振りを装って、でも未練たっぷりに僕の方を横目で見て言った。いつだって付添いをさせる。自分ひとりで行けばいいのに、絶対僕をつきあわせるのだから。

僕は泉のポーズをあえて無視した。

「ねえ、あたしの貸したブラッドベリ、もう読んだ？」

「うん、まだ。今読んでいるのが終わったらね」

「もう。二ヵ月も前に貸したのよ。それまで何読んでたの？」

「ええと……、フロイトとクイーンと、それからカミュ。あ、芥川も読んだっけ」

「めちゃくちゃな読みかたねえ」

泉はあきれていた。僕はその批判を無視することにした。ひとの興味に口出ししてほしくは、ない。

その男に呼び止められたのは、学校と家の中間あたり、郵便局のある十字路だった。

「ちょっと、ごめんよ」

信号待ちしていたところで、声をかけられた。ふり向くと、知らない男が立っていた。

年齢不詳。多分三十代だとは思うが、何しろいつか雑誌で見たスティーブン・キングのような濃い髯《ひげ》に顔の半分を覆《おお》われ、その上ミラーグラスをかけているので、まるで人相がわからない。身長は百八十センチ以上、百キロ近くありそうな巨体で、「L

OVE」と書かれた黒いTシャツの上にすり切れたジーンズの上下を着込み、縫い目の切れかかった茶色い布製のショルダーバッグを肩にかけていた。

その男が、僕の名前を呼んだ。

「どなたですか?」

泉が訊いた。自然に僕と男の間に立って、僕を守るような形になった。

「失礼、僕はこういう者だ」

男はポケットから皺《しわ》くちゃの名刺を出した。そこには『フリーライター　小林伸《しん》吾《ご》』とだけあった。

僕はいまだに「フリーライター」というのがどんな職業なのか知らない。だが、この男のせいで僕はある偏見を持ってしまった。つまり、フリーライターとは、夢と自信をなくした男が、他にどうしようもなくて自分に付けた肩書である、と。

「どんな御用件でしょう?」

泉の声には明らかな敵意があった。

「なかなか気の強そうなお嬢さんだ」

小林と名乗る男は苦笑を浮かべ、僕の方を向いて言った。

「俺は本を書こうとしている。中沢祥子《しょうこ》の本だ。その取材のためここへ来た。君に話を聞きたい」

中沢祥子――久しく耳にしなかった名だ。周囲が気にして、僕の前では口にしなかったからだろう。

それは、母のペンネームだった。中沢とは、母の旧姓なのだ。

「雑誌社の方ですか?」

母の名を聞かされて、泉は険《けわ》しい表情になった。

「まあ、そんなようなものだ」

「でしたら、父を通じてください。いつもそうして頂いていますから」

「そして、いつも断られている。だから直接訊きにきた」

小林は動じなかった。

「裕司《ゆうじ》君、だったね。君のお母さんの死についてだが――」

「やめてください!」

泉は痴漢にでも襲われたかのような大声をあげた。まわりの通行人たちが驚いて立ち止まるほどだった。

「そんな話聞きたくありません。どこかへ行って！　でないと、警察を呼ぶから！」

泉の剣幕に、小林は少しも動じた様子もなく、

「おいおい、別に変なことを訊こうとしてるわけじゃないんだがな。ただ彼にお母さんのことを話してもらおうと——」

「残酷なひとね」

泉の声は無理に押し殺した怒気のために、震えていた。

「話させるつもりですって？　あんた何も知らないできたの？　裕《ゆう》ちゃんはねえ、裕ちゃんは……」

「知っているさ、そのことは」

小林はわざと泉の神経を逆撫《さかな》でするつもりなのか、妙に落ち着いた態度に出た。

「これでもこの事件については誰よりも詳《くわ》しく調べあげているんだよ。知られていない事実ってやつも含めて、ね」

小林は自分の言葉の効果を確かめるかのように、僕と泉の顔を見比べた。

「俺は誰よりも真相に近い所にいるんだ。君の」と僕の方を向いて「協力があれば、俺はすべての謎を解くことができるんだ。どうだ。俺と組んでみないか」

僕が何の反応も示さないうちに、泉は行動に出た。小林の前に立つと、その髯面《ひげづら》を思いっきりひっぱたいたのだ。気持ちが良いほどの音だった。

「も・う・こ・な・い・で！」

歯の奥から絞り出すような声で言った。全身から、怒りがゆらゆらと立ち昇っているようだった。

「判った。出直そう」

小林は頬《ほお》を撫でながら、意外にあっさりと引き下がった。

「だが、ひとつだけ質問させてくれ。いや、これはむしろ宿題と言った方がいい。次に会うまでに答えを出しておいてくれ」

小林は髯面をいびつな笑みで歪《ゆが》め、何年も温めてきたジョークを披露《ひろう》するかのように、言った。

「山本裕司《ゆうじ》君。君はいったい誰なんだ？」

その唐突な問いかけの意味が僕の中に染み込むより早く、小林は軽く手をふり、足早に歩き去ってしまった。

フリーライターがいなくなった後も、泉は顔を真っ赤にして、肩で息をしていた。

「泉……」

僕が肩に手をかけると、泉はギョッとしてふり返り、しばらくは僕が誰だか判らないかのように、じっと見つめ返してきた。

そして、僕の手を取り、歩き始めた。

家の前に来るまで、何も言わなかった。

玄関のドアを開けようとして、泉は僕に言った。

「ねえ、お願い。あんな男、絶対相手にしないでよ」

僕がうなずくと、泉はほっとしたような表情を見せた。

その時はまだ、小林の意図がまるでつかめなかった。本当に僕の両親の事件を調べるつもりなら、僕に母のことを尋ねても無駄なのを知らないはずがないのだ。

なぜなら、僕は母のことなど何も覚えてはいないのだから。

4

その日の午後を、僕は部屋に閉じこもってすごした。

波の音だけが入ったCD――明け方の波音と夜の波音が収録されているのだけれど、何度聞いても違いがわからない――をエンドレスにして、ベッドの上に転がり、その単調なうねりの中に身を浸した。泉から借りたままで読みかけのブラッドベリを開いてみたけど、まるで頭に入らなかった。小林と名乗ったあの男の歪んだ髯面が、頭から離れないのだった。

仕方なく、僕はいつも暇つぶしに使っている事典を取った。思いつきでページを開き、眼についた項目を選び、それから連想される事柄を次々に引いてゆく。これで結構時間をつぶせた。

僕は分厚い本のほぼ真ん中あたりをひらいてみた。最初に〔小説〕という欄が眼にはいった。

『日本語の〔小説〕は英語のノベルの訳語として坪内逍遥《しょうよう》が〔小説神髄《しんずい》〕で使ったことから始まる――』

読んでいくうちに、小説と物語の違いとは何だろう、という疑問がわく。すかさず〔物語〕の項を引いてみる。だが生憎《あいにく》〔物語文学〕という項目しかなかった。

『竹取物語』『伊勢物語』といった題名を見ているうちに、ふと『平家物語』の有名な出だしが頭に浮かんだ。ページをめくり、〔祇園精舎《ぎおんしょうじゃ》〕を探してみる。なかなか好調なすべり出しだ。

しかし、そこまでだった。多分ないだろうと思っていた〔祇園精舎〕はしっかり記載されていたのだけれど、同じページにあった〔記憶〕という項目が僕に不意打ちを食らわせたのだった。

『過去の経験の影響が残り、後に現れることであるが、通常はより狭義に、経験したことの記銘と保持およびその後の再生、再認の全体を記憶という』

再生、再認——人間はつまり、テープ・レコーダーみたいに過去を思い出し、くり返しながら生きてゆく、ということだ。実にあたり前で、簡単なことだ。

でも、もしそれができなくなったら、思い出すものが何もなくなってしまったら、その者はもう人間と呼べないのだろうか。

今の僕のように。

〔記憶障害〕
『記憶の働きの障害。軽症の場合は新しいことを記銘できなくなるだけであるが、重症の場合は遠い過去の体験に関する記憶も失われる』

なんだか、このページにたどり着いたのが、偶然とは思えなかった。

僕は僕自身の問題として、十年前のあの事件と対決しなければならないのだ。僕から両親と、そしてそれ以前の記憶のすべてを奪ってしまった、あの事件と。

僕はベッドから起き上がると、外に誰もいない事を確かめて、そっと部屋を出た。そして叔母の部屋へ行った。今は何かのボランティアとかで、留守にしている筈だった。

化粧品の臭《にお》いにむせ返りそうな部屋は、驚くほど散らかっていた。着てゆく服を選び出すのに候補を部屋一杯に広げ、そのままにしていってしまったようだった。ベッドにピンクのワンピースやモスグリーンのスーツが寝相の悪い子供のように並んでいる。多分こうしていても後で千秋さんが片づけてくれるのだろう。

窓際にローズ材のかなり立派な書棚があった。本は一冊もない。収められているのは、海外旅行の写真のアルバムと、新聞雑誌の切り抜きを貼り付けた何十冊ものスクラップブックだった。叔母は興味のある記事をこうして綴《と》じている。こういう事には几帳面《きちょうめん》なひとなのだ。

その中から、僕が何度も盗み読みしている一冊を選び出すと、再びあたりをうかがいながら、自分の部屋へ戻った。

このファイルを知ったのは、三年前の冬だった。いたずら半分に叔母の部屋に忍び込み、書棚の中を物色しているうちに見つけたのだ。

表紙を開くと『作家　中沢祥子さん無理心中!?』という大見出しがあった。十年前の八月七日の日付だ。その横に、『別荘で夫を階段から突き落とし』と書かれている。既に暗記するほど読み返した記事だった。

六日午後九時頃、長野県※※村の会社役員山本雄一郎さん（四〇）所有の別荘で、雄一郎さんが階段の下に倒れているのを弟で胡蝶ホテル社長の真二郎さん（三六）が発見し、長野県警に届け出た。雄一郎さんは病院に運ばれたが意識不明の重体。

さらに別荘内を調べたところ、雄一郎さんの妻で作家の祥子さん（三八）が二階の自室で首を吊って死んでいるのが発見された。長野県警では最近二人の夫婦仲が悪かった事や祥子さんが創作上の悩みからノイローゼ気味だった事、また祥子さんの部屋が内側から鍵がかけられていた事などから、祥子さんが夫婦喧嘩の末に雄一郎さんを階段から突き落とし、自殺したものと見て捜査している。別荘には他に長男の裕司ちゃん（五つ）も滞在していたが、無事保護された。

祥子さんは中沢祥子の名で有名な小説家。代表作に『消えない雪』『硝子《ガラス》の夢』等がある。

スクラップブックには他の新聞や週刊誌の記事が、かなりの厚さにファイルされていた。当時この事件に寄せられた世間とそして叔母の関心の深さがよく現れていた。だが、事件そのものはこの冒頭の記事以上に進展することはなかった。容疑者である母が既に死んでしまって、警察も捜査のしようがなかったのだろう。結局、最初の推測を改めるような事実も見つけられないまま、打ち切られている。

マスコミはもう少し執拗《しつよう》だった。なにしろ流行作家と胡蝶グループの総領なのだ。ニュース・バリューは充分だった。記事はスポーツ新聞から文芸誌、経済専門誌まで多岐にわたってファイルされていたが、その扱いもさまざまだった。先代の胡蝶ホテル社長、つまり僕の祖父が経営権を長男ではなく次男に譲った経緯と兄弟の確執。父が実は挫折した文学青年であり、同じ大学の文学サークルで知り合った母が結婚後作家として成功してしまったため、それからふたりの間がおかしくなっていたこと。死ぬ二、三年前から母が極度のスランプに陥り、そのせいでアルコール依存症になりかかっていたこと。そんな事情もあってか、僕が生まれてからはふたりとも他人との交際を一切断ち切り、誰とも会わなくなったこと——父は一応胡蝶ホテルの専務だったが一度として会社に顔を出さなかったし、母も編集者とは電話の遣《や》り取りだけで済ませていたようだ——その他いろいろ。

確かに異常な夫婦ではあった。しかし、どんなにその異常さを暴《あば》きたてても、真相には辿《たど》り着けなかった。結論は同じ。母は父を突き落としたらしい。そして自分の部屋で首を吊ったらしい。どれも推論と推論の積み重ねでしかない。その中にはひとつとして確かなものがなかった。

あの小林という男、母のことを本にすると言っていたが、どういう心積もりでいるのだろうか。それが気になった。彼が書こうとしているのがこういった醜聞の集大成的な物なのか、それとも母の作品に対する評論のような物なのか。僕に取材しようとしたところを見るとどうせスキャンダル本の類《たぐい》だろうが、ひょっとして何か新しい事実でもつかんでいるのだろうか。あの妙にふてぶてしい態度は、はったりだけではないような気もする。

そんな事を考えながらページをめくっていると、当時の僕の写真を大写しにした記事が出てきた。女性週刊誌の特集だった。『中沢事件の真の犠牲者は残された裕司ちゃんだ』

——泣かせるタイトルだ。

今年の八月六日信州の別荘で発生した「中沢事件」は、人気作家の中沢祥子と夫である会社役員の山本雄一郎氏との無理心中事件として、四ヵ月たった今になってもセンセーショナルな話題となっている。

しかし、この事件はこの夫婦だけの悲劇には終わっていない。その陰に隠れてしまいがちなもうひとつのある悲劇についても忘れてはならない。それは、残された夫妻の一人息子、裕司ちゃん（五歳）である。

裕司ちゃんは当時犯行の行われた別荘におり、両親の間に起こった惨劇の一部始終を目撃していたと思われている。つまり裕司ちゃんはこの事件の唯一の証人なのだ。

しかし、警察は裕司ちゃんから真相を聞き出せないままでいる。なぜなら、発見時から裕司ちゃんは高熱を発して倒れ、意識不明でおよそ一ヵ月間入院し、そのうえ意識を取り戻してからも頭部に受けた傷と精神的ショックにより記憶障害を起こし、いまでは過去を思い出すこともできなくなってしまったのだ。

裕司ちゃんは退院後は叔父である山本真二郎氏のもとで育てられるという。

五歳の子供にとってはあまりに重い不幸を背負ってしまった裕司ちゃん。一刻も早い回復と、新しい家庭での幸福を願わずにはいられない。

この記事の記者に僕のなけなしの感謝の気持ちをすべて捧げよう。たとえそれが、単なる職業上の形式的な同情であったとしても。

僕はスクラップブックを放り出し、ベッドの上に寝転がった。波音はエンドレスのまま、くり返しくり返し、僕をどこかへ連れ去ろうと誘いをかけてくる。

どこか——それは、このCDを聴くたびに眼の前に浮かび上がってくる、ある情景だった。

どこの浜なのか判らない。どんよりした曇り空の下で、白い波が引き上げられた漁船のへりを打ちつけている。波打ち際には木片や貝殻や小石が散らばっている。

淋しくて、しかしとても懐かしいような情景。そんな所へ行った覚えはないのに、その情景を思い出すだけで、僕は不思議とやすらかな気分になれた。

いつもなら眼を閉じて身をまかせてしまえば、そのまま眠りにつけるはずだった。でも、今日は駄目だ。何かねっとりとした黒くて熱い塊が、僕の中でうごめいている。

眼を開いて、自分の左手をながめてみる。男にしては華奢《きゃしゃ》な細い指。よくピアニスト向きだと言われる。たぶんそれは、ほめ言葉なのだろう。だがそう言った相手は、僕の手を見直してから慌《あわ》てて口をつぐむ。僕が本当はピアノには不向きな人間だということにやっと気づくからだ。

僕の左手の小指は、第二関節から先がなくなっている。

僕はいつもこの小指を見つめるたびに、暑苦しいほどのもどかしさにとらわれてしまう。失った指のせいではない。僕自身が、その時のことをまるで思い出せないからなのだ。

三歳の時、野良犬に襲われて嚙《か》み切られたのだそうだ。その時は、別荘周辺の野犬狩りをしたそうで、かなりの大騒ぎになったらしい。だがどこでどのようにして襲われたのか、どんな犬だったのか、いくら考えてみてもその状況が思い浮かばない。これほどショッキングな出来事であっても、僕の記憶には何も残されてはいなかった。それ以外の事ならばなおさら、かけらも記憶してはいないのだ。

僕の記憶は、白い病室から始まる。時を経て、黄色いくすみとひびに侵食されたモルタルの壁。塗装が剝《は》げて錆《さび》の浮いたベッドの手すり。意地悪そうな表情でシーツを換《か》える看護婦。何か深刻な相談をしている大人たち。

その中に紛《まぎ》れて僕の方をこわごわ見つめている小さな女の子……。

それらは皆、ミルクのように濃密な霧の向こうに揺らめく幻影に似て、どうにも実体をつかめない。それでいて、ひどく鮮烈で印象深い記憶だった。たぶん眼を開けたばかりの子犬が飼い主を親と思い込むように、僕はそのイメージをすり込まれてしまったのだろう。

一ヵ月の入院生活の後、僕は叔父の家に引き取られた。

初めてこの家へ来た日のことはよく覚えている。あの日は雨が降っていた。黒塗りのタクシーで病院を出た。左右のウインドゥに雨が銀色の血のように流れていた。後ろのシートで叔父と叔母に挟まれた僕は、ずっと震えていた。

「どうしたの、寒いの？」

叔母が心配そうに覗《のぞ》き込んだ。僕は小さく首を横に振る。叔母にはそれが通じなかったらしく、

「大丈夫よ。お家に行ったらあったかいミルクをあげるからね」

僕の頭を猫のように撫でた。叔母の思い違いに抗議する気にもなれないまま、僕は震え続けた。

僕は、怖かったのだ。

初めて乗った自動車が怖かった。初めて見る外の世界が怖かった。初めて行く家が怖かった。五歳なのに意識としては新生児に等しい僕には、病室の中以外の出来事は何もかも異質な体験なのだった。もやもやした世界から抜け出してやっとまわりの物を確かな形として捕らえることができ始めた途端、あらゆる物が僕に拒絶反応を示した。触れるものすべてが紙やすりのようにざらざらして、敵意をむき出しにしてきた。僕はたったひとりでその見も知らぬ世界に放り出された異邦人。心細くて、そして怖かった。

叔父は、黙ったままだった。僕はこの叔父も怖かった。大きくて力が強くて——タクシーに乗り込む時に僕の手を握った掌は、本当にびっくりするほど力強くて、僕は指を砕かれてしまうかと思った——そして怒ったような眼で僕を見た。きっとこのひ

とは僕を叱るつもりに違いない。僕が何か気にいらないことをしたのかどうか、それはわからないけど、とにかく家に着いたら僕を大声で怒鳴るつもりなのだ。僕は勝手にそう考えていた。

タクシーが叔父の家に到着したころには、僕は恐怖と緊張ですっかり疲れ果てていた。運転手がドアを開けると、火照った僕の頰に雨が冷たく刺さった。

山本　真二郎
　　　美佐
　　　泉
　　　裕司

石を積み上げて造った門柱に「山本」と刻まれた黒い大きな表札。ポスト口に住んでいる人間の名前が書かれている。

どの漢字も難しくて読めなかった。ただ、この三人がこれから僕と生活する人間なのだという事だけはわかっていた。なんとなく、うまくいきそうにないような、そんな気がしたのを覚えている。

特に、最後に書かれたひとりとは。


家に入ると居間のソファに座らされ、熱いミルクの入ったカップを渡された。

「着替えを持って来ますから、待っててね」

叔母はそう言って、僕をひとりにした。

ミルクは熱すぎてとても飲めなかった。僕はテーブルにカップを置くと、部屋の中を見渡した。

正面の壁に大きな絵が掛かっていた。黒い蝶が木の幹に何匹も群がっている絵だ。蝶たちはまるで燃え尽きた紙が吹き寄せられたかのように幾重にも折り重なっていた。みんな幹の蜜《みつ》を吸いに来たのだろう。一ヵ所にむりやり首を突っ込もうとして押し合っている様は、不気味でさえあった。

僕はそれでも、その絵から眼が離せなかった。見ているうちに心の中のもやもやした霧が少しずつ揺らいでゆくような感じがしたからだ。

僕はソファから降りると、その絵の前に立った。何かが僕を揺り動かしている。それが何なのか知りたかった。

突然ドアが開いて、僕は飛び上がった。

女の子が覗き込んでいた。病院で見かけた子だ。大きな瞳がじっと僕を見つめている。僕は変にどぎまぎしてしまって、首から上が熱くなった。女の子は部屋に入ってくると、僕を見つめたままで、言った。

「ねえ、あたしのこと、おぼえてる？」

僕はうなずいた。と、女の子はびっくりした様子で、

「えーっ、うそ！　どーして？　パパはあたしのことぜったいにおぼえてないって、いってたのに。どーして？」

僕はどう答えたらいいのかわからずに、ただ黙っていた。

「ねえ、どーして？」

「……だって……びょういんにきてたじゃないか」

「びょういんって、おとといのときの？」

「うん」

「そう、じゃいいわ」

女の子はそう言うと、一目散に部屋を出ていった。

それが、僕が泉と交わした最初の会話だった。

それからだ。僕があの夢を見るようになったのは。

夢の中で、僕はいつもどこか木がいっぱい繁った所にいた。僕のまわりで、黒い蝶が輪になって舞っている。何匹もの蝶がひとつの塊になって、地面の一点に集まり始める。僕はそこに何があるか知っているのだが、思い出せないでいる。体が冷たくなったような気がして、僕は震える。そのとき、ふいに僕を呼ぶ声が聞こえてくる。何か恐ろしいことを叫んでいる。僕はそれを聞きたくなくて、耳をふさぐ。声はますます大きくなり、僕を窒息させる。僕はあえぎながら助けを求めるのだけど、誰も助けてはくれない。やがて声はヒステリックな調子になり、目覚ましのベル音となって、僕を現実の世界に目覚めさせるのだ。そうやって目覚めた朝は、最悪だ。

居間で蝶の絵を見るときにも、僕は奇妙な心のうずきを感じた。でもそれが何なのか、僕にはどうしてもわからなかった。見えない所でちりちりと燃えている火のような焦《あせ》り。

今の僕はその心理状態を説明する言葉を知っている。

デジャ・ヴ。

僕はずっと前にこの絵を見たような気がしていたのだ。

5

病院の自動ドアが開く時、僕はいつでも眩暈《めまい》を感じて一瞬立ちすくんでしまう。一点透視法のデッサンのようなリノリウムの冷たい廊下と、神経質な老人の肌のようなモルタルの白い壁。駆けていく看護婦の糊《のり》の利いた白帽子と、耳障りなスリッパの音。病人の咳と、消毒薬の臭い。医師たちに囲まれて運ばれるベッドの上で揺れる点滴の瓶。病室の前に掛けられた字のかすれた名札。階段の隅にまで漂う苦痛と絶望の気配……。

それらすべての物が、ドアを開けた瞬間に僕を襲う。僕を容赦なくふり回し、引っ張りあげ、そして告げる。

(もう戻る事はできないぞ。ここはおまえの場所なのだから)

僕は締めつけられたように痛むこめかみに拳を押し当てて、聞こえない声に抗《あらが》う。

──違う。僕は違うんだ。もう、ここから自由になった人間なんだ。二度と、あの白い部屋の中には戻らないんだ──。

「どうかしました？」

顔を上げると、看護婦が僕の顔を覗《のぞ》き込んでいた。

「なんでもないんです。ありがとう」

頬の強張《こわば》りを感じながら、それでも精一杯の落ち着きを見せて、答えた。

「あの、急患の方ですか？」

僕を病人と思っているらしい。小柄な看護婦は丸い眼鏡の向こうから、心配そうに見つめている。

「いえ、面会に来たんです。ちょっと、消毒薬の臭いにまいっちゃって……」

「そう、でも具合が悪かったら、少し横になったほうがいいですよ」

「すみません。でも、ほんとにもういいですから」

僕は深呼吸をしてみせた。看護婦は安心したように微笑《ほほえ》んで、診療室の方へ去って行った。

初めて見る顔だった。たぶん、まだ新人なのだ。気持ちよく伸ばした背筋に、かすかな緊張と自信が感じられた。きっと毎日が忙しくて、そして充実しているのだろう。僕よりも年上だというのに、僕よりもずっと生き生きとしているように見えた。

病院は、郊外の高台に建てられていた。駅の出口から見上げると、それはまるでリゾートホテルのようにも見える。最近改装されたばかりなので、消毒薬の臭いの中に建材の臭いも混ざっていた。

病院は患者を選んでいた。廊下ですれ違うのは、富と権力に身を包んだ老人たちがほとんどだった。彼らは長年にわたって培《つちか》ってきた「使う立場にある者の威厳」を、仕事の場や自分の家の中でしているのと同じように、医師や看護婦に対してもふるまっていた。だが、彼らが気付いているにせよいないにせよ、それは見せかけでしかなかった。ここでは彼らは病人であり、弱者であり、医師の命令に従わねば命の保障さえないのだった。

十年前の僕がそうであったように。

エレベーターで三階へ。

病室は、一番奥にあった。名札に書かれているのは、ただひとりの名前。

『山本　雄一郎』

軽いノックをして、ドアを開く。

窓際に据えられたベッドの上に、いつもの通りの父がいた。

真っ白なシーツの端から顔を出している。古いアルバムで見た色黒で精悍《せいかん》な顔立ちが、どうしても想像できない。まるで蠟《ろう》細工のような顔色だった。落ち込んだ頰と眼《がん》窩《か》のせいで、頰骨が異常に高く見える。短く刈られた髪には白髪が混じり、ちょっと見ただけでは六十過ぎの老人と思われるだろう。まだ五十歳なのに。僕も歳をとったら、こんな顔になるのだろうか。叔母はあんなことを言ったけど、僕は自分が父親似とは思えない。と言って母に似ているのでもない。記憶と同様、僕の顔は両親とのつながりを失してしまったようだ。

同じく肉の削《そ》げ落ちた腕には点滴の針が刺さっている。父の生命線。ほとんど自分で物を食べる事ができないのだった。

この十年、父は一度も眼を醒《さ》ますことなく眠り続けていた。ベッドの傍《かたわ》らには、付添いのヘルパーがいて、女性週刊誌を読んでいたが、僕が来たのに気づいて、慌ててそれを買物袋にしまいこんだ。

「あれ坊ちゃん。いらっしゃるなら言ってくだされば良かったのに」

ばつの悪そうな表情で、ヘルパーさんは言った。

「いや、ちょっと思いついただけだから。すぐに帰るよ」

ヘルパーさんは壁際の椅子をベッドの前に置くと、

「今お茶を出しますからね。でもひさしぶりですわね。もう一ヵ月になりますか。この前いらっしゃってから」

「……うん」

　彼女の口調に非難の響きはなかったけど、僕はやはり責められているような気がした。

「他のひとは誰か来た？」

　そう聞かざるをえなかったのも、罪の意識があったからだ。

「いいえ、どなたもおいでになりませんよ。皆さん忙しくていらっしゃるから」

「……そう」

　あのボランティア好きの叔母でさえ、ここにはあまり来たがらない。当然だろう。ここに眠っているのは、山本家の醜聞そのものなのだから。

「でも、真二郎様はよく電話で連絡してきてくださいますわ。少しでも容体に変化があればすぐ報せてほしいって。本当にお兄さん思いの方です」

　それは何度も聞かされている。父の容体については、何よりも優先して叔父に伝えられることになっているそうだ。

　ヘルパーさんがお茶をいれに行ってしまうと、僕は椅子に座り、父の顔を見つめた。

　たぶん、もう二度と目覚めることはないのだろう。病院側も完全に見放している父を、それでもこの病室ひとつ借り切って看病させている。それが善《よ》いことなのかどうか、僕にはわからなかった。

ただ、もしこのまま看病し続けて、万が一にも父の意識が回復するようなことがあれば、その時こそ僕が最も知りたいこと――あの日何があったのか――が判るはずだった。

それが善いことなのかどうか、僕にはわからなかった。

いずれにせよ、父の回復を待つというのはあまり確実な方法とは言えなかった。

残る方法はひとつ、僕だ。

僕の中に眠っている記憶を掘り起こす。

問題は、本当にそれが可能かどうか、という事。

小林という男の言葉を、また思い出した。

彼は誰よりも真相に近い所にいると豪語していた。もしそれがはったりではないとしたら、彼に協力してもらえばあるいは記憶を取り戻すことができるかもしれない。

そう、彼が信頼できる男ならば。

ヘルパーさんが、戻ってきた。お茶と羊羹《ようかん》を持ってきてくれたが、甘いものが嫌いな僕はお茶だけにした。

「そうそう、そういえばこの前、取材の方がみえたんですよ」

「取材？」

一時期はマスコミがこぞって押し寄せてきたらしいが、父の意識が戻りそうにないと知ると、もう誰もここには来なくなった。今頃になって父の取材などしても意味がないだろうに。

「私は真二郎様から言いつかってましたので何も言いませんでしたけどね、看護婦さんなんかにもいろいろ訊いてたみたいですよ」

取材合戦があったころを知らないヘルパーさんは、いくらかうきうきしたような口調で言った。

ふと思いついて、僕は尋ねた。

「ねえ、その取材のひとって、髯はやしてなかった？」

「ええ、濃い髯のひとでしたよ。おまけにサングラスまでして、まるで人相のわからない気味の悪いひとでしたねえ」

6

桜の花びらが四月の風を薄桃色に染めて、公園通りを吹き抜けていった。

僕は風の行方を眼で追いながら、ただあてもなく歩き続けた。

病院を出ても、すぐには家へ帰る気になれなかった。考えなければならないことがたくさんありすぎて、じっとしていると気が変になりそうだった。歩きながら考えよう、そう思って来たのだけれど、頭の中がやたらに混乱して、考えがひとつにまとまらなかった。だからもう考えるのはやめて、ただ歩き続けた。歩いて歩いて、体をくたくたに疲れさせてしまいたかった。

花びらを乗せた風は小さな池に向かって吹き、水面に淡いピンクの模様を浮かべた。池の縁を囲うように浮かぶ桜の色。子供が投げる餌《えさ》をついばみに来た池の家鴨《あひる》が横切って、その色を裂く。黒い水と、薄桃の花びらと、白い鳥。そこには、あらかじめ約束されていたような、完全な調和があった。

調和――そう、世界は調和していた。あらゆる物があるべき所にあった。完成したジグソーパズル。

僕の入る場所は、そこにはなかった。

「ずいぶん歩きまわったもんだな」

いきなり声をかけられたのは、疲れた僕がベンチに腰を降ろして溜息をついたときだった。

驚いてふり返ると、例の髯づらが微笑んでいた。

小林は僕の横に座ると、胸ポケットからマイルドセブンを出して、火をつけた。そして僕の顔を見て、

「失礼、君の家では誰も煙草を吸っていないんだっけな」

俺はそんなことまで調べているんだぞ、とでも言いたげな笑みだった。

「尾行してたんだ」

僕は不快感を思いっきり込めて、言った。

「尾行とは穏やかでないな。事実ではあるがね」

小林は動じた様子もなく、煙草の煙を風に乗せた。

「あの勇ましいガールフレンドがいっしょじゃ、おちおち話もできないからね。機会をうかがっていたのさ」

「で、のこのことやって来たわけ？」

相手の態度がどうにもいまいましくて、僕は敵意を隠しておくことができなかった。

「その通り。若いくせに行き場のない年寄りみたいにとぼとぼ散歩するしか能のない男の子を尾行して、のこのこやって来たんだ」

小林は僕の厭味《いやみ》を逆手に取って言い返すと、僕の方に向き直った。

「で、決心はついたかな？」

「決心？」

「自分の過去と対面する決心さ。十年前に起きた事件の真相を突き止め、君と君の両親に何が起きたのかを知る気になったかね？」

「僕は……何も知りたくない」

そう言ってしまってから、僕は自分が真相を知ることを恐れているのに初めて気が付いた。

「ほう、そうか」

小林はさして気落ちした様子もなく、煙草をくゆらしていた。

これは奴の手だ。きっと僕を動揺させるために、わざと気のないポーズを見せているんだ。そうわかってはいたのだけれど、それでも僕は焦りを感じ始めていた。

「じゃ、いいさ」

彼はいかにもそれらしい無関心さでそう呟くと、立ち上がった。

駄目だ。こいつの誘いに乗っちゃ駄目。そう言い聞かせながらも、僕の動揺はひどくなっていた。たぶん、小林が気付くほどに。

「君にははっきり言って失望したよ。自分自身のことを知ろうともしないなんてな。大きなお屋敷の中でぬくぬく暮らしていられるならそれで満足ってわけか。まあ、いい。そうして自分を騙《だま》しながら生きていくのも人生だよな」

「僕は……」

「騙してないって、言いたいのか？」

ふり向いた小林のミラーグラスが鋭く光った。

「いいか、今のままじゃ君は人形だ。いや、人形以下だな。知らなくてはならないことに眼をつぶり、叔父さんのお情けで生き続けるつもりなんだから。そうやって一生自分を知らずに生きていくつもりか。それで君は人間と言えるのか」

言葉が、僕に突き刺さっていった。

「俺は君に何の関係もない。中沢祥子のことを調べているのも、単に職業的興味からだけだ。君の協力なんかなくても、調査はできる。真相を突き止めてもみせる。だがね、たとえ俺が事件の真相を本にして発表したとして、それを君が読んで真相を知ったとしても、それは君には何の意味もない。ただの情報だ。——そうか、僕の過去にはこんなことがあったのか——それで終わり。君はやっぱり何も知らない人形のままなんだ。いいか、君が君自身でいられるためには、自分からぶち当たっていかなきゃ駄目なんだ。俺が真相を突き止めてからじゃ、遅いんだ」

僕の眼の前に、髯面が迫っていた。

「最後の確認だ。俺といっしょにやってくれるな?」

僕はうなずくしかなかった。

「よーし、契約成立だ」

小林の頬がゆるんで、その顔には似合わないほど真っ白な歯がのぞいた。

その時の僕に他の何ができただろう。僕はうなずくしかなかったのだ。

たとえ、小林の言葉が僕を取材に誘い込むただの方便にすぎず、僕の人生なんて彼にはどうでもいいということが、初めからわかっていても。

僕は、僕を調べる仕事を、始めなければならなかったのだから。

7

サティの『三つのジムノペディ』が流れていた。泉の好きな曲だ。

公園の外れにあった喫茶店に、僕とフリーライターはいた。

小林は運ばれてきたコーヒーに口もつけず、煙草をくゆらせていた。煙草の先からたちのぼる煙がピアノのメロディーに合わせているかのように、僕の鼻先で揺れていた。

僕はアイスミルクのストローを指ではじきながら、相手の出方をうかがっていた。この店に入ってから、彼は何もしゃべらない。ただぼんやりしていた。どういうつもりなのか、わからない。それが、とてもいらだたしかった。

不意に小林は、まるで夢から覚めたかのように小さく身を震わせた。ちょうど曲が終わった時だった。

「君は、サティは好きか？」

突然の問いが意外だったので、僕はとっさに何と答えたらいいのか、言葉を見つけられなかった。

「僕は好きだ。とても好きだ」

好きな女の子のことを告白しているような、なんだか照れ臭《くさ》いような言いかただった。僕はやっと、小林が曲に聞き惚《ほ》れていたのだと気づいた。

小林のことを思う時いつも浮かんでくるのは、あの日、春の陽が射す喫茶店の窓際で、煙草をくわえたままサティを聴いていた姿だ。そして煙草の煙と、コーヒーの湯気。ブラインドが、彼の髯に作っていた縞模様……。

「あの事件について、どのくらいの知識を持っているのかな」

サティのことはまるでなかったかのような唐突さで、小林はいきなり本論に入った。

「──え？」

「君だって、今まで何も考えないでいたわけじゃないだろ。いろいろ調べてみたんじゃないの？」

「あまり詳しくは……。新聞や雑誌の記事を読んだくらいで」

僕はありのままを言った。

小林はしばらく僕の方を見ていたが、

「なってないなあ」

と、あきれたように言った。

「自分のことだろ。なのに新聞読んだだけなのか」

そう、それも、叔母が集めた分だけね。

調べようとすれば、もっといろいろ方法はあっただろう。だけど、僕はしなかった。

たぶん、やはり恐かったからだ。

「それじゃ、一からおさらいが必要だな。さて、どこから始めようか……」

根元まで吸った煙草を揉《も》み消すと、小林はすぐに次の煙草に火をつけた。

「まず、君の両親――山本雄一郎と祥子夫妻――がどんな人間だったか。そこから話をしよう。

君の親父さんは胡蝶グループの創設者、山本泰三《たいぞう》――世間じゃ山本胡蝶という俳号だか雅号だかの方が知られているけど――の長男として生まれた。山本胡蝶はいわゆる『財界の怪物』って奴だな。戦後満州から引き揚げて来るとすぐホテル経営に乗り出して、東京、大阪の大都市や、地方の観光地に次々とホテルを建てて、一代で大ホテル網を作っちまった。それだけにアクが強くて、いろいろ逸話も多い人物だが、それはいい。

問題の雄一郎だが、これが総領の甚六そのものだった。子供の頃から内気で、しかも体が弱かった。胡蝶はもちろん彼に跡を継がせるつもりでいたらしいが、とてもそんな器じゃなかった。

それが一度だけ父親に楯突《たて》いたことがあった。胡蝶は彼を経済学部に行かせたがったのだけど、彼は小説家志望で、どうしてもM大の文学部に行くと言って親父と喧嘩したあげく、とうとう家を出ちまったんだ。家の者は大騒ぎをしたんだが、胡蝶だけは逆に満足して『俺にあれだけのことを言って出て行ったんだ。見上げたものじゃないか。これで世間の波に揉《も》まれたら、少しは逞《たくま》しくなるだろう』と言ったそうだ。

初めは雄一郎も順調だった。バイト代で暮らしながら大学に通い、ありとあらゆる雑誌の新人賞に原稿を送った。たまたまその中のひとつが受賞して、掲載された。やがてぽちぽちと原稿が売れだした。と言っても小遣い稼ぎにもならないくらいの微々たるものではあったがね。でも彼は有頂天だった。もうすっかり小説家気取りでいた。

これがかえって彼を不幸にしたのかもしれない。こんな形で認められなければ、彼も早々に降参して親父に泣きついただろう。だが、なまじ自分の文才が認められてしまったがために、彼は抜けられなくなってしまったんだ。これがこの世界の恐いところだな。

そのころの知り合いの話だと、彼はもう専業作家にでもなったつもりで、大学にはほとんど顔を出さず、かと言ってずっと原稿に向かっているわけでもなく、お決まりの麻雀、酒。けっこうぐうたらな生活を送っていたみたいだ。それでも一応は小説家の卵だってんで、みんなからは一目置かれてはいたらしい。大学の文学サークルなんかに顔を出しては、いろいろぶちあげていたんだな。意外に話術に長《た》けていたそうだ。その中にいたのが、中沢祥子だった。

彼女はごく普通のサラリーマンの家に生まれた。小さい頃から本を読むのが好きだった。だが、自分で物を書くつもりはなかった。M大学で国文学科を選んだのも、四年間ただ好きな本を読んでいたいという気持ちからで、別に小説を書きたいと思ってはいなかったそうだ。

こう言うと雄一郎も祥子も同じ性格のように聞こえるけど、祥子は雄一郎ほど気弱じゃなかった。むしろ、強烈なまでの強い意志を持ったタイプだった。

君、中沢祥子の小説を読んだことは？」

急に訊かれて、僕は首をふった。

「だと思った。君の家じゃ中沢の本は禁書なんだろ。でも、一度読むべきだね。作品の出来不出来は別として、これからこの事件に取り組むためには必要だ。読めば、俺の言った意味がわかるだろう」

「おたくは、母の小説を読んでるの？」

「もちろん」

「この取材のため？」

　皮肉のつもりだった。だが、意外にも小林はむっとしたような表情になった。

「俺は、昔から中沢祥子の本を読んでたよ。全集まで揃えてある」

僕はこの眼の前にいる男が、見かけよりはずっとナイーブだということに気付いた。

「話を続けるぞ。祥子は初め、雄一郎のまわりにいる取り巻きのひとりでしかなかった。雄一郎の話す文壇の情報――たいていはどこかの雑誌からの受け売りだったが、彼はさも自分が仕入れたかのようにしゃべっていた――を聴いたり、だれかの好きな作家のけなし合いをしたり。それは若い文学志望者の誰もがやっていることだった。彼女もその雰囲気に引き込まれて、自分も小説を書いてみる気になった。

　その彼女の処女作というのも全集に収められているが、はっきり言って、ひどい代物だ。ストーリーは破綻《はたん》しているし、表現も粗削《あらけず》りだ。評論家連中はそれでも後年の才能の萌芽《ほうが》が見えるとか言っているが、僕に言わせれば、後の中沢祥子の片鱗《へんりん》さえもそこにはない。素人がただの思いつきで書いたショートショートだった。

　だが、雄一郎はそれを絶賛した。そしてもっと書くように勧めた。いい物が書けるようになれば、自分のつてで出版社に持ち込めるかもしれない、とまで言った。思わぬ激励に感激した彼女は次々と作品を仕上げ、雄一郎に見せた。そんなやりとりが何度か続いているうちに、お定まりの経過で彼らは男と女の関係になっていった、というわけだが——」

　そこまで一気にしゃべった小林は、冷めたコーヒーを流し込むと、髯づらを皮肉っぽくゆがめて、

「さて、この場合、雄一郎君のとった態度をどう思うかな?」

　と尋ねた。

「どうって……」

　僕は正直な話、面食らっていた。父と母のなれそめを今初めて聞かされたのだし、だいたい『男と女の関係』なんて、僕に色々言える訳がない。自分でも顔が赤くなっているのがわかるくらいだった。

「俺は、彼のやり方は態《てい》のいいスケコマシだと思う」

　いきなりの言葉だった。

「初めから眼をつけていたのか、たまたま網にかかったのか、それはわからない。だ

が、雄一郎が彼女の才能を見抜いていたとは、どうしても思えない。少しばかりの文才はあったにしろ、しょせん彼の力量はたいしたものじゃなかったし、ましてや人の作品をまっとうに評価できるほどの炯眼《けいがん》を持っていたとも考えられない。彼は文学志望の女の子をその弁舌で言いくるめて、その体をものにしたかったんだ」

「ひどいこと、言うんだね」

僕は小林の髯を全部引き抜いてやりたい衝動を抑えるのがやっとだった。僕が他ならぬその男と女の間に生まれた子供なのだ。

「いくらなんでも、ひどすぎるよ。どこにそんな証拠があるの？」

「証拠ときたね」

小林は得意げに微笑んだ。

「あるさ。俺はその同じ手で雄一郎と寝た女の子を知ってるからね。当時の仲間たちを取材してまわったんだ。わかっているだけでも……四人かな」

アイスミルクはとっくに飲み干していた。僕はコップの中に溶けた氷水をストローで音を立てて吸った。

それでも、口の中に広がった苦いものが消えなかった。

「まあ、あまりその点でくよくよすることはないさ。たしかにはじめは遊びのつもりだったかもしれないが、そのうち雄一郎の方が本気になってきたんだから。大学を卒業して中学の教師になると——さすがに専業作家としてやっていけるとは彼自身思っていなかったようだね——すぐ、ふたりは結婚している。

もっとも、この急ぎすぎた結婚には、その半年前に起きた、親父の胡蝶の死が影響しているとも考えられるがね」

「どういうこと、それは？」

僕が尋ねると、小林は怪訝《けげん》そうな表情になって、

「知らないのか、山本胡蝶の遺言を？」

「うん、聞いたことない」

小林はおおげさに額をピシャリと叩いた。

「なんとねえ、そんなことも知らないのか。この遺言ってのが、ある意味で事件の最大の核なんだぞ。君の存在そのものにも係わってくるんだ」

僕の存在……変な言いかただと思った。

「どういうの、その遺言って？」

僕が詰め寄ると、小林は逆に落ち着いた素振りで、

「まあ、待った。物事は順番に進めて行くべきだよ。その話は後回しとしようや」

「だって――」

「いいから、話を戻すぞ」

有無を言わせない態度だった。

一から十まで、彼の言うがままになっている。

「結婚後、雄一郎は教師をしながら、原稿を書き、祥子はまだ大学に通いながら、原稿を書いていた。そして、雄一郎の小説がほとんど見向きもされなくなった頃、祥子の小説が新人賞を受賞した。

受賞作の『硝子の夢』はすぐ出版され、ちょっとしたブームを起こした。そこに描かれているのは、女としては当時珍しいほどの強い権力への意志を持った、学生運動の闘士の姿だった。祥子自身は学生運動に無関心だったらしいが、セクト間の闘争の中で男たちを文字通り蹴散らしながら組織を作り上げていく主人公は、ある意味で彼女自身の投影とも言える。はじめはそうしたセンセーショナルな話題で売れたのだけれど、二作目、三作目と続くうちに、彼女の才能はどんどん認められていった。そして『消えない雪』で文学賞を受賞すると、中沢祥子の名は文壇に大きく響きわたることになったんだ」

小林の口調がだんだん熱っぽいものになっていくのがわかった。彼にとって母は、単に取材の対象以上の意味があるようだった。

「その頃から、雄一郎の言動がおかしくなった。多分、文壇で自分以上の成功を手に入れた妻に対する嫉妬《しっと》と、忘れ去られていく自分への焦《あせ》りのせいだろう。そのころには山本雄一郎の作品はどの出版社にも忘れられていたからね。今だって、中沢祥子の作品は、あんな事件があったにもかかわらず、何社からも文庫が出ているのに、雄一郎の作品はどこにもない。まあ、実力の差は歴然としているのだから、仕方ないけどね。

雄一郎の生活は荒れて、とうとう勤め先の中学でも問題をおこしてしまった。なんと酔っぱらって登校したあげく、授業中に眠り込んでしまったんだな。親父さんの名前の力で免職とはならなかったものの、当然学校にはいられなくなってしまった。彼は教師を辞め、彼自身の言葉を借りるなら『敵に降伏する思いで』当時既に胡蝶グループを統括《とうかつ》していた弟の真二郎に泣きついた。そして、名前だけの取締役として、胡蝶グループの末席に身を寄せることになったんだ。

祥子との夫婦生活も、冷めていったようだった。次第に雄一郎の態度は卑屈になり——自業自得だけどね——妻にも辛く当たるようになった。性格の激しい祥子が何も言わずにいたのが不思議なくらいだが、だからと言ってまだ雄一郎に愛情を持っていた、というのでもない。

何故だと思う？」

残酷な質問だ、と思った。僕はできるだけさり気なく、答えた。

「つまり、僕ができたから……でしょ」

「正確には、君が生まれるまでは、別れるわけにはいかなかった、と、言うべきかな」

また、意味深な言いかたをする。

「わからないかい？　だろうな。あの遺言を知らなけりゃ、な」

「遺言？　祖父の遺言が僕にどう関係あるんだ？」

「自分で調べてみろよ。それくらいの努力はしてもいいぞ」

小林は、濃い髯の下からテニエルの描いたチェシャ猫のような笑みを浮かべた。

そして、アリスを不思議の国に誘い込んだ兎のように、時計を見て大声を出した。

「いけねぇ。時間がない」

テーブルのレシートを取ると、さっと立ち上がった。

「仕事の打合せがあるんだ。今日はこれまでとしよう」

「待ってよ。まだ話半分じゃないか」

僕も慌てて立ち上がる。

「続きは現場を見てからだ」

「現場?」

「そう、事件のあった別荘へ行く。よく刑事ドラマなんかで言うだろ、現場百遍って。実際の犯行現場を見ながら、推理を働かそうじゃないか。じゃ、来週の日曜、朝六時にこのN駅の前に来ること。いいね」

こちらの都合も考えずに、小林は言った。

「ところで、ゴールデン・ウイークに予定あるの?」

「うん……いつも叔父の別荘に……」

「君の別荘のすぐ近くだな」

僕の別荘——すぐにはピンとこなかった。そうだ、父の持ち物だった別荘だから、僕の物でもあるのだ。

たとえ、父がまだ死んではいないとしても……。

「まあ、いい。あとで考えよう」

小林は自分だけで何が納得しているようだった。

「来週、出来れば、別荘の鍵を持ってきてほしい。ただし、家の人には知られないようにだ。できるか?」

「たぶん……」

「無理ならいい。忍び込むまでだ」

「物騒なことを平気で言っている」

「物騒なものか。本来君が所有するべき家なんだぞ」

フリーライターは、僕をじっと見つめて、言った。

「ひとつだけ、忠告しておこうか。君は知らないみたいだが、君の手にはすごい物が握られているんだ。それを君に悟らせたくないと思っている連中がいる」

「誰の事？」

「今日の事は絶対に秘密にしておくんだ」

小林は僕の質問が聞こえていなかったかのように、続けた。

「君が別荘に行こうとしていることも、過去を探ろうとしていることも、誰にも言わないように。特に、今の君の家族にはね」

「……まさか……」

小林が言おうとしている意味に気づいて、僕は一瞬眩暈《めまい》を感じた。

小林は、そんな僕の当惑を無視するかのように、言った。

「信じられないかもしれないが、君は君を食い物にしている連中の中にいるんだぞ」

8

家に戻ったのは、一番星が茜《あかね》色の空に輝き始めたころだった。ただいまも言わないで、部屋に駆け込み、ドアに鍵をかけた。それでやっと落ち着いた気になり、そんな自分が少し嫌になった。

叔母の部屋から借りっぱなしのスクラップブックを引っ張り出し、もう一度眼を通した。今まで、遺産のことなんてどこにも書かれていないと思っていた。だが、見つけた。

それは祖父の集めた膨大《ぼうだい》な美術コレクションについて書かれた記事だった。両親の事件とはまったく無関係な物だったので、見落としていたのだ。

胡蝶の別名を持ち、自らの企業を「胡蝶グループ」と呼んだだけあって、祖父は蝶についてなみなみならぬ関心を持っていたらしい。祖父は蝶に関する物なら、手当たり次第に集めていた。全世界の蝶の約六十パーセントを採集したと言われる膨大な標本。蝶を描いた絵画。彫刻。装飾品。その中には、ダリの造った蝶の指輪や、狩野探幽《かのうたんゆう》の描いた「花蝶図」など、世界的に有名な美術品も含まれている。

山本胡蝶はそれらのコレクションを保管、展示するための小さな美術館を建てた。「胡蝶美術館」は都心から少し離れた住宅地の中にある。表から見るとそれは白いモルタル造りの、どこにでもある個人の住宅に見えるが、中には祖父の集めたコレクションが一部収められていた。

僕が見つけた記事には、祖父の死後、それらのコレクションは「長男の雄一郎氏が相続、管理してゆく予定である」と書かれていた。

小林が言っていた「すごい物」とは、このことだったのだ。胡蝶美術館の所蔵品。その総額は、優に三十億は下らない。

それが父の物だという。ということは、父の死後は僕が相続するわけだ。なんだか、実感のない話だ。あの別荘が僕の物になるというのでさえ、さっきまで考えてもいなかったのに、いきなり三十億の資産が眼の前に転がっているのに気がついたわけだから。

僕のまわりには、僕の知らない事が多すぎる。多すぎて、消化不良を起こしそうだ。

ドアがノックされた。

「裕ちゃん、帰ってる?」

泉の声だった。僕はベッドの下にスクラップブックを隠すと、返事をしてドアの鍵を開けた。

　泉は水色のブラウスに着替えていた。去年の春、僕が選んだ物だ。あまり本人は気にいってないのか、今まで着ているのを見た事がなかった。彼女は、銀のトレイに紅茶のセットを用意して持ってきていた。

「お父さん、どうだった？」

　ドアを開けるなり、訊いてきた。まるで、初めから用意してきた台詞《せりふ》のようだった。

　僕は内心そんな風に泉を見てしまう自分に嫌気を覚えながら、言った。

「変わらないよ、あい変わらずだった」

「そう……」

　泉は部屋の隅に寄せてあるテーブルにトレイを置いて、同じく隅に押し込んでいたクッションを引っ張り出すと、それに座り込んだ。

「美味《おい》しい紅茶を貰ったから、持ってきたの」

　僕も床に座り、ティーカップを受け取った。紅茶は舌を焼くほどに熱かった。

　黙り込んだまま、僕達は紅茶を啜《すす》っていた。僕はカップを床に置くと、手を伸ばしてコンポのスイッチを入れた。なんとなく気詰まりな感じだったからだ。泉を相手にして、こんなことを感じたことなどはなかったのだけど。

FMからドビュッシーが流れてきた。あまり聴きたい気分でもなかったけど、そのままにしておいた。たぶん、どんな曲が流れてきても、この気詰まりを解きほぐすことはできないだろう。

「これ、なんて曲だっけ？」

泉が訊いてきた。

「『牧神の午後への前奏曲』」

僕が答える。

「ふうん……」

そのまま、また気まずい沈黙が居座ってしまう。なんとか泉の気持ちを和《なご》ませるようなことを言わなくては、と気持ちだけ焦り、だけど何も考えつかず、ただカップを上げ下げしている自分がどうしようもない間抜けに思えてくる。そんな気分にする泉が、少し憎らしくなった。

こらえ切れなくなって、僕は言った。

「何を言いたいんだ？」

「えっ？」

泉の演技は、お世辞にも上出来とは言いにくい。しらじらしいとぼけ方だった。

「腹の探り合いはやめよう。何か言いたいことがあるんだろ」

「…………」

「母さんと父さんのこと、だな？」

泉の肩が、びくっと震えた。

「そう、あのおかしな髯男のせいで、裕ちゃんが、悩んでないかと思って……」

泉は決心したかのように、きっぱりとした態度で話し始めた。

「あの男は、自分の利益のためだけに裕ちゃんに近づいてきたんだと思うの。だから、それで裕ちゃんが辛い目に遭わないようにしたいの」

「まるで、僕が何も知らない赤ん坊みたいな言い方だね」

僕は少し冷たく聞こえるように言った。実際、僕は腹が立っていたのだ。

「あの男の腹づもりくらい、僕にだって見通せる。僕は単なる取材道具なんだってことはね。だから、それをいちいち言ってくれる必要もないんだ」

「あたしは、裕ちゃんが心配だから」

「大丈夫だよ、他人に気を使ってもらわなくても」

言ってしまってから、さすがに言いすぎたと気がついた。きっ、と唇を固く結んだ泉を見て、僕はきっと泣き出すぞ、と覚悟した。だけど、泉は表情を変えないまま、

「判った。もう言わない」

と言うと、立ち上がった。

「飲み終わったら、自分でキッチンに持ってきてね」

こっちの返事も待たず、さっさと部屋を出ていった泉を、僕は茫然《ぼうぜん》と見送った。

「何だよ、あれは」

思わず悪態を口に出してしまった。

残った紅茶を一気に飲み干し、僕はカップを爪で弾《はじ》きながら、泉は何をあんなに脅えているのだろうか、と思った。

泉は、たしかに脅えていた。僕が過去を思い出そうとすることにだろうか。それとも、小林と接触することにだろうか。あるいは……。

考えても、答えが出そうになかったので、僕はトレイをキッチンに持っていくために立ち上がった。

ふいに、泉の香りがした。さっきまでいた泉の香り。途端に、僕の中に熱いものが動いた。なんだか、とても嫌らしい感情がうごめいているような感じで、ぞっとした。

頭をふって変な考えを吹っ飛ばすと、僕は下へ降りた。キッチンには泉も誰もいなかった。急いでトレイごと流し台のシンクに放り込むと、僕は急いで庭に出た。

庭の木は、先週剪定《せんてい》が入ったばかりで、きれいに丸まっている。

僕は誰にも見られていないのを確かめながら、その楓の木の裏にある物置に入った。ここには父の持ち物が収められていた。蔵書、服、レコード、机、文房具……。ローズ色の机の引き出しをひとつずつ開けた。見たのはかなり昔だから、正確にどこに入れてあったか覚えていないのだ。

それは、二番目の引き出しの奥にあった。

数えてみると、六本の鍵が束ねられていた。キーホルダーは、銀色のナイフだった。小さいが精巧な造りをしていて、刃先も鋭かった。護身用には向かないが、頸動脈を切って自殺することぐらいはできそうだ。

僕はその鍵束をポケットに入れると、用心深く物置を出た。

自分の部屋に戻ると、ショルダーバッグの中に鍵束を入れた。コンポはつけっぱなしになっていた。今度はポリスの『見つめていたい』が流れていた。

バッグをベッドの下に隠そうとして、ふと机の上を見ると、白い封筒が置いてあるのに気づいた。さっきまでは、なかった物だ。

ここの住所と僕の名がワープロで印字してあった。裏を返してみたが、送り主の名はなかった。消印を見ると、この町の名前がスタンプされていた。

封を切ると、中から白い紙が一枚だけ出てきた。そこにもワープロ文字が並んでいた。


過去を探るな。

知れば、おまえは必ず不幸になる。

すべては、眠らせたままにしておけ。


ラジオはいつの間にかニュースに変わり、今年は梅雨が早いと告げていた。

僕は、自分の回りに不意に広がった雨雲のような暗いどろどろとした予感に、身動きがとれなくなっていた。

9

小林の車は、おんぼろのジープだった。

「見かけは悪いが、整備は万全。どんな悪路だって平気だし、スピードだって並みの4WDには負けちゃいない」

せんべいのようにべこべこに凹んだボンネットを叩きながら、小林は自画自賛した。

「まあ、言ってみれば、『スター・ウォーズ』でハン・ソロが乗っていたミレニアム・ファルコンってとこかな」

小林の自慢はとめどがない。僕はいい加減にあいづちをうちながら、この奇妙なフリーライターの性格がつかみきれないのを、もどかしく感じていた。

彼は、僕が今まで会ったどんな人間のタイプとも違っていた。傍若無人でナイーブ。大胆で繊細。矛盾した側面が次々と入れ替わって表に現れてくる。そのどこまでが演技でどこまでが地なのか、それともそのすべてが彼の素顔なのか。僕には理解できなかったのだ。今回の件にしても、彼が母の事件を探っている本当の理由というのが、どうしても見えない。一体、僕に何をさせようとしているのだろう。考えれば考えるほど、混乱してしまう。

とにかく、用心しなければならないことだけは確かだ。彼の目的が何であれ、僕はそれに利用されるために引きずりだされたのだから。何とか彼を出し抜いて、道具にされるのだけは防ぎたい。

「さあ、そろそろ出発しようか」

ひととおり車自慢を終えた小林が、言った。

僕たちは四月の柔らかい光の中、とても憂鬱《ゆううつ》な目的のため、車に乗り込んだ。

ジープは高速道路に入ると、百キロ以上のスピードを保ちながら、北へ向かった。なるほど小林が自慢するだけあって、エンジンは快調だった。だが、乗り心地の悪さだけはどうしようもない。ベンツに慣れた僕には、拷問《ごうもん》のような揺れかただった。

小林はとても楽しそうにハンドルを握っていた。カセットデッキ——配線が剝《む》き出しのままで、すぐ素人が取付けたと判る——にテープを放り込む。ギンギンのロックが大音量で響いてきた。

「何、これ？」

僕は耳を押さえながら、尋ねた。

「知らないのか？　レッド・ツェッペリンだぜ」

「名前だけは聞いたことあるけど……僕へビメタ嫌いだから……」

「ヘビメタじゃない。ハードロックだ」

小林が訂正した。

「おじさん、サティが好きだったんじゃないの？」

「俺はね、演歌以外なら、節操がないの……それから、そのおじさんっての、やめろよな」

「あ、傷ついた？」

「まだ、三十をちょっとすぎたばかりだぞ。中学生におじさん呼ばわりされたくない」

「でも、三十すぎたらおじさんですよ」

「言ってくれるじゃないの。君もね、二十すぎたらわかるさ。時間が加速度をつけて流れていくようになるのを。そして、いつの間にか、自分が老けているのに気づく。そうなってから、今日の自分の暴言を反省したって遅いんだからな」

それでも、小林はテープの音量を少し下げてくれた。

新緑のきれいな山の中を、僕たちはヘビメタ、いや、ハードロックを聴きながら走って行った。

正直な話、その会話の最中、僕は小林に対してずいぶん打ち解けたものを感じていた。彼が僕を利用しようとしていることを充分承知していながら、そして、それに引っかかるまいと用心していながら、僕は、ひょっとしたらこの男は悪人ではないのじゃないだろうか、と思い始めていたのだった。

それは、僕の甘さ、だけではなかった。

今ならそれがわかる。本質的に、彼は悪人にはなれなかったのだ。それが、彼の不幸だった。

「ところで、別荘の鍵は？」

小林が訊いてきたのは途中のサービス・エリアで休憩していたときだった。

「持って来たよ」

僕はコーラの缶をテーブルに置き、ポケットから古いキーホルダーを出して見せた。

「えらい！　誰にも見つかっていないだろうな」

「心配しないで、いいよ」

例の手紙の件は、話さないつもりだった。

手紙の差出人が誰か、なんとなくわかるような気がしていたからだ。

僕は泉の硬い表情を思い出しながら、腹の中で相手のない悪態をついていた。

高速のインターを降りてからさらに一時間ほど走って、ようやく僕たちは別荘にたどり着いた。

それは会社の保養施設や個人のロッジが乱立する、そして叔父の別荘があるあたりからも少し離れた、かなり不便な所にあった。

ジープも入れない細い道を荷物を担いで登ると、ふいに茂みが途切れ、まるでたった今地面からせり上がってきたかのように、その別荘の姿が見えてきた。古ぼけた、木造の建物だった。壁は焼板で造られているのか、くすんだ黒色だった。塀もあったが、ほとんど腐っていて老人の歯《は》のように所々抜けていた。

膝の高さまである草をかき分けて、僕たちは入口のドアの前に出た。

僕の持ってきたキーホルダーからそれらしい一本を鍵穴に差し込むと、思ったより大きな音がしてドアが開いた。部屋の中から、かび臭い空気が流れてきた。

入ってすぐは薄暗くてよくわからなかったが、そこはちょっと広いリビングみたいな部屋だった。床に大小さまざまな白いお化けがいた。ここを閉めるとき家具にかけた埃《ほこり》よけなのだろうが、あまりぞっとするものじゃなかった。

「何ぼけっとしてんだ。入って来いよ」

小林はカーテンを引いた。春の陽射しが、たぶん何年ぶりかでこの部屋の中に入ってきた。

光に照らされて、その部屋は魔法が解けたかのように、正体を現した。すえた臭いと、厚く溜まった埃。窓硝子は所々ひびが入っていた。

「ひとが住んでいないだけで、家ってのはこうも荒れちまうもんかね……」

小林が窓枠に溜まった埃を指ですくいながら、言った。僕は部屋の真ん中に立ち、じっとあたりを見回した。

「何やってんだ」

小林が訊いた。

「うん、ちょっとね」

僕はなんとかしてこの部屋の様子から自分の記憶が掘り出せないかと、意識を集中していたのだった。だけど、何も思い浮かばなかった。

僕は諦めて奥の部屋へ行った。僕がここに住んでいたとしたら、どこかに僕の記憶の糸口が見つかるはずだ。まだ、焦ることもない。

小林は背負っていたバックパックをどすんと降ろした。使い込んで所々破れや汚れのひどいザックだった。日帰り用にしては念の入った装備だ。

「さて、これからが探偵仕事の本番だ」

「何するの？」

「現場検証ってやつ。もう一度わかっていることを見直ししてみるんだ」

小林は奥へ続くドアを開けた。そこはキッチンだった。テーブル、椅子、流し台、コンロ。キャビネットには器が重ねて置いてあった。

その右手に廊下があり、そこから二階へ行く階段があった。

「ここで雄一郎は倒れていたんだ。そして」

と、小林は僕を指さし、

「君はちょうどその場所に立っていた」

なぜかは知らず、僕の背筋に寒気のようなものが走った。十年のときを経て、僕は同じ場所に立っている。そのとき、僕は何をしていたのだろう。

小林は僕の顔を覗き込み、何か――たぶん記憶を刺激するような何か――を期待しているみたいだったが、僕が表向き何の反応も示さないものだから、つまらなそうな顔をして階段を登りはじめた。僕もついていった。階段を踏む時、まだ父の血がそこに残っているような気がして、少し気味悪かった。

狭い階段を登り切ると、そこは行き止まりで両側にドアがあった。

「向かって左が雄一郎の部屋。そして、右が祥子の部屋。ここで君のおふくろさんは死んでいた」

見ると、右の部屋のドアはノブが外れていた。たぶん中に入る時に壊されたのだろう。小林が穴のあいたドアに指をかけてそっと引くと、ドアは怪奇映画の効果音みたいにきしんだ音を立てて、開かれた。

そこは、おおよそ山の別荘らしくない、まるで女の子の夢に出てきそうな白い部屋だった。

壁も白ならカーテンも白。机も椅子も壁に掛けられたエアコンにいたるまでホワイトカラーに統一されていた。壁際にはベッドがあって、そこに敷かれたシーツももちろん白。その反対側に掛けられた蝶の絵だけが、唯一部屋の中の有彩色だった。

「これじゃ、病室だな。よくこんな部屋に住んで気が変にならなかったもんだ」

小林は溜息まじりに感想を洩らす。確かに、この部屋には何か尋常ではないものを感じてしまう。

僕は体のどこかから湧いてくるかすかな震えを抑えながら、部屋の中を観察した。よく見ると、この部屋の白も歳月に侵されてかなりくすんでいた。カーテンなどはすっかり日焼けして、ほとんどぼろぼろの状態だった。壁にも細かな亀裂が走り、机の上の埃はやはり厚かった。

「中沢祥子はこのベッドの上で、天井からロープを吊り下げ、首を吊っていた」

小林はガイドが観光名所を説明するみたいに言った。僕は観光客よろしく、思わず天井を見上げた。上に梁《はり》が差し渡してあって、人間ひとりの体重なら充分支えられそうだった。下のベッドはなぜか壁に対して斜めにずれていた。

「部屋の様子は、死体が発見されたときそのままのはずだ。椅子ひとつだって動かされていない」

小林は自分自身に確認するかのような口調で言った。

「でも、それは変じゃないの。だって、警察がいろいろ調べたんでしょ。何も動かしてないなんてこと……」

「後で戻したんだよ」

僕の疑問を、小林は軽くいなした。

「なんで、そんな？」

「君の叔父さん、山本真二郎氏の希望だそうだ。多分、真二郎は……ま、いいか」

中途半端にされた僕の気持ちなんておかまいなしで、小林はひとり納得している。

僕は不満だった。

「ドアの鍵は内側からかけられていた。そして、窓の掛け金もしっかりかかっていた。つまり、この部屋は発見当時完全な密室だったんだな。それが祥子の死を自殺とする根拠にもなったわけだが……」

と、小林は僕の方をふり返って、

「ところで、何か思い出せたかな?」

「……いや」

僕は首をふった。

「そうか。焦ることもないからな」

と、さして当てにはしていないような口ぶりで、小林は頷《うなず》いた。

部屋を出ると、今度は父の部屋に入った。

「ここはまた、いかにも作家先生の部屋らしい造りじゃないか」

小林の言葉には揶揄《やゆ》するような響きがあった。それもしかたないかもしれない。母の部屋のまるで無味乾燥な雰囲気とはまったく違った、重々しい空間がそこにあった。

壁一面の本棚。天井まで届く棚の中に、本がぎっしり詰まっていた。さすがにこれだけあると、机みたいに持ち出せなかったのだろう。見てみるとほとんどが文学書だった。世界の名作全集とか、誰それの個人全集とか。国内、海外を問わず、さまざまな作家の本が並んでいる。

ほんの少しだけ推理小説が置いてあった。海外物と国内物が半々くらいか。書名を見ると、どれも古典と言われるやつばかりだった。まるで推理小説のベスト10を順番に並べていったみたいだった。どれも、僕がすでに読んでいる物ばかりだ。SFの類

は一切ない。この本も僕が相続できるのだろうか。あまり偏《かたよ》りがないのがかえってい
い。図書館代わりに使えるだろう。
「おい、ここを見てみろよ」
小林の示したのは、本棚の一角、そこだけ雑誌類が並んでいる。
「今や珍品、山本雄一郎氏の作品が掲載された雑誌だぜ」
雑誌はきれいにビニールが掛けられていた。どれも純文学専門の雑誌だった。抜き
出してページをめくってみると、目次に小さな文字で父の名前があった。
「これが、文学界における山本雄一郎の仕事のすべてなんだろうな。なんとも寂しい
もんだ」
雑誌は二十冊ほどしかなかった。たしかに寂しいものだ。
手にした一冊だけを持っていくことにした。あまり読む気がしなかったが、父がど
んな物を書いていたのか、興味があった。
「じゃ、次。君の部屋へ行こう」
その部屋は、一階のキッチンの隣にあった。三畳ほどの広さで、母の部屋と同じく
白の内装で統一されていた。だけど、ここの白はそれほど威圧的ではなかった。白は
あくまでも基調色で、ほかにさまざまな色があふれていたからだ。

まずベッドの上にかけられた、シーツの薄い青。笹をくわえたパンダが、たくさんプリントされていた。

小さな勉強机は、子供用には珍しいマホガニー色。

机の上の棚には、おもちゃの兵隊が一団となって行進していた。赤い軍服に黒い帽子。棚にはほかに、子供用の百科事典が並んでいる。きっとその本の中には、さまざまな色が閉じ込められているだろう。

天井には、飛行機を象《かたど》った薄い黄色の電灯のフードがぶらさがっている。

そして壁。白い壁は五歳の僕にとって絶好のキャンバスだったに違いない。そこは手持ちのクレヨンをすべて使って描かれた、さまざまな落書きで埋めつくされていた。

黒いよれよれの線路の上を、青い機関車が緑の煙を吐いて走っていた。線路は部屋の三方にまたがって敷設されている。

空にはフードと同じ黄色い飛行機が、やはり緑の煙をお尻から吐いて飛び回っていた。

飛行機が向かう山の上には紫色の怪獣がいて、真っ赤な炎を吐きながらあたりを見回していた。

その山のふもとでは、黒い服を着た人間が池に釣り糸を垂れていた。糸の先には黄金色の魚が一匹ひっかかっている。それらの絵の間は色とりどりの花で飾られていた。絵は何の束縛もないかのように、奔放に自由に描かれていた。どの絵ものびのびと大きく壁いっぱいに広がっていた。

「なかなかの芸術家じゃないか、君も」

小林が茶化すように言った。

僕は小林の言葉に聞こえないふりをして、壁の落書きに指を触れてみた。

僕の描いた絵。そこには、とても自分で描いたとは思えない自由さがある。今の僕が描いたら、多分もっと色は少なく、そして絵は小さく描いているだろう。今の僕には、こんな大胆さは、ない……。

「どうだ、思い出せたかな?」

小林の声には相変わらず面白がっているような調子があった。僕がふり返ると、髯面のフリーライターはサングラスをはずしていた。冷たい視線だった。ドアにもたれて、化学反応を見つめる生徒のような眼で僕を観察している。

僕はこの家に入ってから感じ始めたいらだちがますますひどくなるのを感じながら、思いっきりさり気ない口調で答えてやった。

「ううん、なあんにも」

「そうか、なあんにも、か」

小林が僕の口真似で言い返した。

「じゃ、しかたないや。最後の探索に行きましょう」

「まだ、部屋があるの？」

「あるよ、地下にね」

こんな山小屋めいた別荘に地下室があるなんて思わなかった。だが、二階に上がる階段の裏に、下へ降りる階段があったのだ。

「本当に詳しいね」

僕は本気でそう言った。いくら調べたとはいえ、まるで自分の家のように隅々まで知り抜いているようなのだ。僕はもう少し小林に対する評価を変えなければならないな、と思った。

「なにしろ、調べるのが仕事だからな。さて、鍵がかかっているけど、さっきの鍵束で合うのがあるはずなんだが……」

小林はしばらく鍵をがちゃがちゃいわせていたが、やがて、一本の鍵を選びだし、鍵穴に差し込んだ。少し錆び付いているようだったが、なんとか鍵は外れた。

ドアを開くと、上の部屋とは比較にならないほどの強いかびの臭いがしてきた。

「入るの、ここに？」

思わずそう言ってしまった。中は真っ暗で、何も見えなかった。なんだか、とてもいやな感じだ。

「別にいいよ。入らなくても」

小林は簡単に言った。その言い方が馬鹿にしたようなので、僕はカチンときた。小林を押し退けて、先に部屋の中に入った。

中に何があるのか、まるでわからなかった。ここには窓もないようなのだ。僕は無意識に壁際に指を走らせた。電灯のスイッチを入れるつもりだった。だが、とっくに電気は切られているはずだと気づいて、やめた。そして小林に僕の間抜けなしぐさが見えなかったかどうか、後ろを向いて探った。

とたんに眩《まぼゆ》い光が、僕の眼を射た。

いつの間にか懐中電灯をザックから引っ張り出してきたらしい小林が、僕の顔を照らしだしたのだった。

「慌てるなよ。赤外線スコープでも持ってるなら別だがな」

懐中電灯は、地下室の中を順番に照らしていった。

やっぱり、ここにも何もなかった。コンクリートをうっただけで何の装飾もしていない壁に付いた染みとか、急に光を当てられてびっくりした鼠《ねずみ》が走っていく姿とか、そんなものしか見えなかった。

「ここは、食料保存庫に使っていたらしい。ほら見ろよ」

小林が光で指した先に、大きな物置みたいなものが置かれていた。

「ここに生鮮食料をいれて、保存してたんだと。なんだか、無駄なことしてる感じだよな。三十分ほど行けば店もあるのに。それだけ人嫌いがひどくなっていたってわけだ。買い溜めしておいて、普段は絶対他人に会わないようにしていたらしいし」

輸入物なのか、それとも特注品なのか、大人ふたりが入れそうなほど、桁違《けたちが》いに大きな冷蔵庫だった。変な臭いが、この冷蔵庫から流れてくるようだった。中にしまっていた食べ物までそのままにしているのだろうか。中に入っているものの姿を想像して僕が身震いしたとき、何を思ったか小林がさっとその冷蔵庫の扉を開けた。

あっと思う間もなく、光がそこに入っている物を見せた。思った通り、かつて肉や魚だったらしいものの残骸だった。底にへばりついたそれは、みんな黒く縮まっていて元の姿がわからない。僕は扉を閉めた。

「まあ、あんまり管理はよくなかったらしいね。いくら昔のままで残したいからって、食い物の始末くらいしておいてほしいよな」

小林が暗闇の中で、またあの皮肉っぽい笑みを浮かべているのがわかる。だが、僕はそれに抗議する気もなくなっていた。

かすかだが、何か思い出せそうな気がしていたのだ。何か……。

「どうだい。まだ何も思い出せないか？」

僕の心を見透かしたように、小林が言った。だけど、小林の言葉を聞いた瞬間、その記憶の糸みたいなものは、消えてしまった。本当にこの地下室に覚えがあるのか、それとも気のせいか、僕には何とも言えなかった。だから、小林にも言わないでおくことにした。

「こんなところで、思い出せるものなんかないよ。さ、早くこんな陰気な所は出ようよ」

僕は小林を外へ押し出した。

10

再び一階のリビングに戻ると、小林はザックからストーブとコッヘルを出して湯を沸かし始めた。

「コーヒーでいいか」

インスタントコーヒーのパックを開けながら、小林が訊いた。

「あ、僕、紅茶の方がいい」

「悪いな、コーヒーか白湯《さゆ》しかないんだ」

「……じゃ、訊かなきゃいいじゃないか」

僕の抗議を無視して、小林はホーロー製のマグカップをふたり分用意した。手なれた手付きだった。よく見ると、道具もザック同様使い込んだ品物ばかりだった。

「よくキャンプなんかするの？」

「ああ、暇があるとひとりで山に登ってる」

湯気の立つカップを僕に押しつけながら、小林は言った。

「あ、砂糖はないからな。ミルクが欲しけりゃどこかで牛を調達してきてくれ」

小林のいれたコーヒーは恐ろしく濃かった。僕はそれを一口だけ啜って、床に置いた。舌に苦みが残った。

「さて、事件の前後について話そうか」

小林は煙草に火をつけると、胸ポケットからメモを取り出して、話し始めた。

「事件の約一週間前の七月末に、金子というある病院の院長が、雄一郎から電話で相談を受けている。祥子のことだ。電話によると彼女のアルコール依存症はますます進んで、もう手がつけられないほどになってしまったという。雄一郎はもうこのままでは自分や祥子だけでなく、息子も破滅してしまいかねないと泣きついてきた。

金子は医師としてより金儲《もう》けの方に才能があって、その頃から金持ち専門の病院を経営していた。山本胡蝶とも親交があって、胡蝶の最期を見取ったのも金子だった。そんなわけで雄一郎とも昔から知り合いだったんだな。金子はすぐに入院させるべきだと答えた。自分の病院なら誰にも知られず密かに療養させることもできる。明日にでも連れてきてくれ、と。なかなかの商売人じゃないか。

雄一郎は、たぶん祥子は入院など受けつけないだろうと言ったそうだ。だから充分に策を練って彼女を連れ込みたい。一度相談にのってくれ、とね。そして金子の病院で話し合う約束をした。それが事件のあった八月六日の午後二時のはずだった。

同じ頃、雄一郎は真二郎にも電話している。祥子のアルコール依存症がひどくて、子供に暴力をふるうほどになってしまった。このままでは一家が破滅してしまう、と普段は傲慢《ごうまん》な雄一郎が、ほとんど泣き出さんばかりに訴えたそうだ。真二郎は一週間したら自分の別荘に家族と行くから、そのときに様子を見にいこうと答えた。雄一郎は、では六日に出かける用事があるから、その帰りにそちらの別荘に行く。そのときいっしょに来てくれと言った。

だが、雄一郎は真二郎の別荘には現れなかった。

真二郎は妙な胸騒ぎがして、八時ごろに雄一郎の別荘に出かけてみた。君も知ってるとおり、真二郎の別荘からここまでは歩いて三十分ほど、車でも途中までしか来れない。もともと雄一郎の別荘というのは、親父の胡蝶の持ち物だったんだが、真二郎は兄貴が住みついてからは一度も行ったことがなかったそうだ。雄一郎が他人に会いたがらなかったせいでね。

別荘の前まで来てみると、部屋の中に明かりが灯っているのが見えた。しかし、呼んでも答えがなかった。鍵はかかっていなかった。真二郎はますます不審に思って中に入った。そして、階段の下に倒れている雄一郎とそばに立っている君を発見した」

小林の声は、単調に流れていった。僕にとっては、それが呪文みたいに思えた。僕を取り返しのつかない所へ連れていく呪文。

「真二郎は最初、事故だと思ったそうだ。雄一郎は、なにかのはずみで足を踏みはずしたんだと。彼は君に何があったのか尋ねた。しかし君は意識はあったもののほとんど何の反応も示さなかった。どこか変だと感じたが、そのときはあまり深く考えてはいられなかった。すぐに彼は祥子を捜した。だが、呼んでみてもやっぱり答えがない。そのうちに真二郎もおかしいと思い始め、大急ぎで二階に上がった。そして、右の部屋を開けようとして鍵が掛かっているのに気づいた。叩いてみても、びくともしないし、返答もない。ぶち破ろうとも思ったが、それらしい道具も見当たらないし、なんだか、恐くもあった。倒れている兄貴の方もなんとかしなければならない。真二郎は下に戻ると、警察に電話を入れた。それが午後九時五分のことだ」

小林はいったんノートを閉じると、僕に尋ねた。

「以上が、真二郎の証言をもとにした事件前後のまとめというわけだが、今までのことで何か質問は？」

いろいろある。だが、それは小林にも答えられないことだ。父に何があったのか。僕に何があったのか……。

「別に……」

そう答えるしかなかった。

「じゃあ、何か思い出したことは？」

「別に……」

「そうか」

と、小林は再び話を始めた。

「連絡を受けた警察が駆けつけたのは、五十分後のことだった。中で待っていた真二郎の説明を聞いて、警官が二階のドアを破った。そして、そこで首を吊っている祥子を見つけた。中はむっとするほど暑かった。彼女は白いネグリジェを着て薄化粧をしていた。眼は閉じていた。縊死《いし》にしては穏やかな死に顔だった。あまり苦しんではいないようだった。そのせいか後で死因について疑問も出たが、間違いなく首を吊ったことによる窒息が死因だった。これも後の話だが、解剖の結果、体内に多量のアルコールと睡眠薬が検出されたので、もうろうとした状態で首を吊ったのだろうと推測された。使ったのは、荷作りに使うナイロンのロープだった。死亡推定時刻は六日の午後三時ごろだそうだ。

その後数日はこのあたりはまるで観光地のように賑わった。警察が連日やってきては捜査をしていったし、野次馬もどこからこんなにひとが出てくるのかと思うほどやって来た。もちろんマスコミも放ってはおかなかった。テレビや週刊誌の記者が押し寄せて来た。それまでほんのけもの道しかなかったこの斜面に、数日で人々の足が広げた大きな道ができるくらいだった。夜になっても撮影用のライトがつき、昼間のように明るかった。それから一ヵ月間は、そんな騒動が続いたんだ。

しかし、捜査は難航した。雄一郎はなんとか一命を取りとめたものの、脳挫傷を起こして意識不明となってしまった。医者の言葉では再び意識を取り戻すことは奇跡に近い。そして君も、完全に記憶を失っていた。やはり頭を強く打った痕があって、そのせいで記憶喪失になったのだということだが、死んでしまった者ばかりか、生きている者まで語れないとなると、警察も関係者からの証言で推測するしかなかったわけだ。

そこで意味を持ってくるのが、雄一郎が金子と真二郎にした電話だ。祥子のアルコール依存症は最悪の状態だったという。それを案じた雄一郎はなんとか祥子を入院させようと画策していた。もし、そのことでふたりの間でいさかいがあったとしたら。口論はやがて喧嘩となり、そして何かの拍子で祥子が雄一郎を階段から突き落とした。そして雄一郎が死んでしまったと思った祥子は、酒と睡眠薬を一緒に飲んで、自室に戻り、首をくくった。まあ、そんな推測が成り立つわけだ。

二週間、三週間と捜査を続けても何の確証も得られない警察の中で、その推測はいつしか事実として受け入れられるようになった。マスコミの取材が激しいほど、早く事実をおおやけにしなくては、内外の圧力は強まる一方だったからね。地元の警察としては、変に長びかせて自分たちの威信を傷つけたくはなかったし。それでうやむやのうちに捜査は終了し、推測がそのまま事実として世間に流れることになった。そしていつしかマスコミの熱も冷めて、現在に至っているというわけさ」

小林は煙草にストーブで火をつけて、深く吸った。遠くで鳥の声がしていた。

僕には何も言うことがなかった。

「さて、じゃ帰ろうか」

小林が唐突に立ち上がった。

「えっ？」

僕はふいをつかれて、そう言うのが精一杯だった。

「そろそろ帰らないと、君が家に戻ったときの言い訳に困るだろ？」

小林はそう言うと、手早くストーブやカップを片づけ始めた。

「でも、まだ調べることは……」

「まあ、だいたい今日の成果はあったからね、もういいよ」

一体、何が成果だったんだろう。僕は何も思い出せないままなのに。

「それに、後は俺ひとりでこつこつ調べてみるさ。鍵もあるし」

「でも……」

「大丈夫だって。何かわかったらすぐ連絡するから。鍵だって今なくなっていても、家のひとに変に思われるわけでもないだろ？」

「うん……」

納得いかないまま、僕は小林に急《せ》かされて立ち上がった。

別荘を出ると、太陽はすでに傾き始めていた。たしかに今のうちに帰らなければ、夜になってしまう。泉には映画を見て来ると言ってあるだけだから、遅くなったら言い訳が苦しい。それはそうなんだけど……。

ザックを抱え直した小林が、

「せっかくだから、少しこのへんを歩いてみるか」

と言って奥の方へ歩き始めた。僕は小林の身勝手さに辟易《へきえき》しながらも、ついていった。

山に慣れている小林は、雑木林の斜面を普通の道路のようにすいすいと歩いて行く。僕はスニーカーでおどおどと地面を探りながら、遅れまいと必死に追いかけた。

二十分ほども歩いただろうか。いい加減に降参しようと思ったところで、小林は立ち止まった。何の変哲もない林の真ん中だった。

「どうだ。なかなかいい雰囲気じゃないか」

小林は僕の方を向いて、笑いかけた。その瞳にまた、探るような光が見えたが、追いかけるだけで精一杯だった僕には、そんな景色なんてどうでもよかった。

「そうかな……どうってことないや」

「そんなことないぞ。よく見てみろよ。何か感じないか？」

小林は妙にしつこかった。僕は肩で息をしながら、あたりをあらためて見直した。

どこといって、かわったところなどなかった。そこは少し木が途切れて、草むらになっていた。といっても別に珍しい草が生えているわけでもない。

そのとき、僕の視野の隅を何かが横切ったような気がした。黒いものが、ひらひらと飛んでいるような……。

左の小指に刃物を当てられたような気がして、思わず手を引っこめた。たった今切り落とされたみたいに、指の切口が疼《うず》いている。

同時に、僕の頭の中でわきあがるもの。誰かの後ろ姿。ざっ、ざっ、という単調な音……。

はっとして眼で追ったが、そこには何もいなかった。

「どうした？」

小林が訊いた。

「いや、別に。なんにも感じないね」

たぶん、錯覚だろう。

「そうか、なんにも感じないか」

小林は僕の言葉をくり返すと、なんだか拍子抜けしたような表情になった。

「この景色の素晴らしさがわからないとはなあ。ま、いいか。じゃ、そろそろ帰るとしますかな」

　ジープに戻ると、小林は僕に紙を渡した。

「俺のメモをコピーしたものだ。君もそれで少し考えてみなよ」

　この髯面には似合わない、几帳面《きちょうめん》で丁寧《ていねい》なメモだった。

　帰りの車の中では、事件の事は話さなかった。小林は相変わらずハードロックのテープをかけ――今度はエアロスミスだそうな――七〇年代のロックの歴史について弁じたてた。僕はいい加減なあいづちで応じた。

　なんだか疲れていた。かなりの覚悟でやって来たのに、まるで収穫がなかったせいもある。結局、今日わざわざ別荘まで来た意味はなかったような気がした。たしかに自分の住んでいた所を見るのは興味があったけど、僕が欲しているのはそんなことだけではない。自分の過去を捜し出す手がかりなのだ。

　自分であの別荘を見れば、きっと記憶が戻ってくると思っていたわけではない。だけど、何かが僕の心に響いてくると思っていたのだ。そしてそれをきっかけにして、自分の中に眠っているものが呼び出せたなら……。

　それが、まったくの不発だった。小林ひとりがうきうきしているのも、気にいらなかった。

僕の家のすぐ近くまで来たとき、僕は小林に尋ねた。

「一体、おたくは何が楽しくって、この事件に首を突っ込んでるの？」

小林は突然の問いにびっくりしたように僕の方を向いた。

「何って、俺は職業的興味からだよ。もっと端的に言えば、これを本にすれば金になるからだ」

「ふうん、で、どういう本にするの？」

「『中沢事件の真相』ってのが仮題だ。そしてサブタイトルは『取り違えられた殺人』っていうのを考えてる。つまり――」

小林はいたずらっぽく笑って言った。

「俺は祥子ではなく、雄一郎が犯人だと思っている。中沢祥子殺人事件のね」

11

一瞬、僕は小林が言い間違えたのかと思った。

「今、なんて言ったの？」

「中沢祥子殺人事件だよ。うむ、その題名でもいいかな。ストレートで、インパクトがあると思わないかい？」

「父さんが、母さんを殺したって……？」

「でも、『殺人事件』なんて題、最近じゃ手垢《てあか》つきすぎてるしなあ。そうだ、こんなのはどうだ。『検証、中沢事件――埋もれた密室殺人』っての」

「ちょっと、おじさん！」

「おじさんっての、やめろって言ったぞ。ほかの呼び方ないのかよ」

「そんなことどうでもいいじゃないか。僕の言いたいのは――」

「そのとおりだよ。俺は世間で言っている真相は嘘っぱちだと思ってる」

小林はなんだかうきうきしていた。僕は自分がからかわれているのではないかと思ったくらいだ。

「冗談で言ってるんじゃないぜ。間違いなく加害者と被害者は取り違えられてる。俺には確信があるんだ」

小林の顔が少し真面目になる。と言っても再びサングラスをかけてしまったので、細かな表情はわからない。

「どうして、そんなことが言えるのさ。おかしいよ、それ」

「どこがおかしいんだ？」

「だって、もし母さんが父さんに殺されたとしたら、父さんを突き落としたのは誰なんだ?」

「犯行のショックで動転していた雄一郎が、足を滑らせて自分で落っこちた」

「まさか」

「なんて、月並みな解釈も成り立つってことさ。だが正直なところ、まだ事件のすべてが判ったわけじゃない。だからこそ、こうして調査に駆けずりまわってるんだ。でも、まず間違いないと思ってる」

「どうして、どうしたらそんなことが言えるんだよ」

僕は同じ質問をくり返した。

「ヒントはさっき話したんだけどなあ」

エアロスミスの曲が終わり、小林は片手でテープを交換した。僕も知っているディープ・パープルの『スモーク・オン・ザ・ウォーター』が流れてきた。

「君の別荘で話したことと、さっき渡したメモから推理してごらんな。すくなくとも、中沢祥子犯人説では説明つかないことがあるはずだ」

「どこのこと?」

僕がなおもしつこく訊くと、小林はいきなりテープを止めて、

「おまえなあ、自分で考えるってこと、してみろよ。すくなくとも、おまえは現場にいたんだぞ。俺より真相に近いとこにいたんだ。記憶が戻らないんなら、その分、自分の頭を働かせて推理しろ。それがいやなら、もう今からでも捜査やめちまいな。ドゥ・ユー・アンダッスタン？」

僕はやっぱり、うなずくしかなかった。

「よし！」

小林はまたテープを戻した。ジープの激しい振動とギターの音が、僕をいたぶるように渦巻いた。

僕の方から始めた捜査ではなかったのに、今では僕の意思から出たことのように言われているのが、ひどく理不尽な気がする。

僕はその後も車の中で、小林に彼の推理の根拠をなんとかして聞き出そうとした。だが、小林は結局教えてはくれなかった。

車を家の少し手前で停めて僕を降ろすとき、小林は言った。

「自分で考えてみろよ」

そのまま、ジープは走り去った。車が見えなくなってから、僕は次に会う予定を聞いてなかったことに気づいた。でもどうせ、また突然僕の前に姿を見せてくるだろう。

結局、夕食にぎりぎり間に合った。

帰ってきて、叔父がいるので、これはやばいなと思った。今日の別荘行きがばれてしまったら、どうしようか。絶対に気づかれる恐れはないのだが、それでもびくびくものだった。一度あの別荘に行ってみたいと言って、冷たくはねつけられた覚えがあるからだ。

泉は何も言わなかった。普段なら『何の映画観てきたの?』とか根掘り葉掘り聞いてくるはずなのだが、その日はぜんぜんそんなそぶりを見せなかった。それどころか、僕に一言もしゃべらないのだ。昨日のことがまだひっかかっているみたいだった。少し寂しい気もしたが、今はその方がありがたかった。

そんな心理状態だったから、食事の後叔父に呼びとめられたときは、正直言って冷汗が出た。

「裕司君、ちょっと話がある。後で僕の部屋まで来てくれ」

「はい……」

胃がきゅっと縮まってしまうような、嫌な圧迫感を感じた。泉の不安そうな視線も気にかかる。ひょっとして、この前の小林とのいきさつを、泉が叔父に話したのかもしれない。

部屋に戻ると、小林からもらったコピーを広げた。さっき小林が話したことが、丁寧に書き連ねてある。

それを見ながら、僕は最後に小林が言ったことについて考えていた。

父が母を殺した。小林はそう言ったのだ。それは、世間に流れている話とはまったく逆だった。母——中沢祥子が、父——山本雄一郎を階段から突き落とし、自分の部屋で首吊り自殺した。それが今まで事実とされていたことだ。たしかに推測でしかなかったけど、一番もっともらしい解釈だった。

それを小林は逆転しようとしている。

母が父を殺した。父が母を殺した。どちらであっても耐えられないことではある。しかし、今まで僕は、世間が信じている事実を信じてきた。そしてその事実を受け入れようとしてきた。完全には無理だとしても、それなりに僕はその事実と折り合いをつけることができていたつもりだった。だが、新しい解釈は、僕にはなじみのないものなので、それだけに免疫がない。

だが、本当に逆転なんてできるのだろうか。父が母を殺したという確証があるのだろうか。

僕は小林のメモを、初めから読み返した。問題の日、八月六日の父の行動がまず記録されている。それは小林が話してくれたとおりだった。父はまずその日の午後二時に金子という医者と会う約束をしていた。そこで母の入院についての打合せをすることになっていた。その後叔父の別荘を訪れ、一緒に自分の別荘に戻って母の様子を見てもらうことになっていた。

しかし、実際は午後九時ごろ、父は別荘で倒れているところを叔父に発見されている。そして、父の側《そば》には記憶を失った僕がいて、二階では母が死んでいた……。

父はいつ倒れたのだろう。それが最初の疑問だった。小林のメモにはその点について一言、「不明」とだけ書かれていた。

母の死亡推定時刻が午後三時ごろとして、その前だったのか、後だったのか。前だとすれば、小林の言った推理は成り立たない。だが、後だとすれば……。

どちらにせよ、これでは加害者を限定する手立てにはならない。小林の言うヒントではない。

メモに書かれていて小林の話になかったのは、あとは例の地下室の巨大冷蔵庫のことだけだった。やはりあれは注文品だったらしい。事件の二ヵ月ほど前に運び込まれたそうだ。買物はもっぱら父の役で、月に一度だけ、車で店に来て、どっさり買い込んでいったと、近くのスーパー——と言っても食料品店の少し大きなものくらいの規模の店だ。僕も叔父の別荘へ遊びに行ったときよく利用している——の店長が証言している。

僕は妙に思った。証言のことではない。どうしてここにあの冷蔵庫のことが出てくるのか判らないのだ。父と母の事件とあの馬鹿でかい冷蔵庫と、一体何の関係があって小林はここに書き記したのか。僕に眼を向けさせたい何かがあるのだろうか。それともこれはただの覚書にすぎないのだろうか。あくまでこれは小林の取材メモのコピーなのだ。取材できた順に、何もかも書き留めておいたのかもしれない。

あれこれ考えているうちに一時間ほど経ってしまった。そろそろ叔父の所へ行かなければならない。

僕は憂鬱な気分で、叔父の部屋のドアをノックした。

「裕司です」

「入ってくれ」

ドアを開けると、叔父は藍色のガウンを着てソファに腰かけていた。テーブルにはウイスキーのボトルと氷があり、叔父の片手にはオン・ザ・ロックのグラスがあった。もう一方の手に、古い雑誌を持っていて、叔父はそれを読んでいる途中らしかった。

僕はその雑誌を見て、背筋が冷たくなった。今日別荘で見つけた、山本雄一郎の作品が載っている文芸誌だったからだ。

一瞬、僕はすべてがばれてしまったかと思ったが、それは僕が別荘から持ち出した本ではなかった。あつかいも悪く、表紙などボロボロになっていた。どうやら別の物らしい。

「そこにかけなさい」

僕が向かい側のソファに座ると、叔父は雑誌を置いて僕をじっと見つめた。

僕はいたたまれない気持ちだった。この部屋に入ることもほとんどないし、叔父と差し向かいで何か話すこともなかった。ましてや今は秘密を持っている僕としては、胡蝶グループの総帥《そうすい》である山本真二郎の視線をまともに見返す自信もなかった。

叔父は、なんだか痩せたようだ。僕ははじめてそのことに気づいた。精力の塊みたいだったのが、少し薄くなったような。顔色もあまりよくない。何か病気をしているのだろうか。気になったが、そのことを尋ねるような雰囲気ではなかった。

「眼鏡は、変えたのかね?」

叔父は世間話でもするような口調で、尋ねてきた。

「はい」

「気にいっていたんではなかったのか？」

「はい、……いいえ。どうも顔に合わなくて……」

「そんなことはなかったぞ。美佐も兄貴そっくりだと言っていたじゃないか。それとも、自分の父親に似るのがいやか？」

「………」

叔父は手にした雑誌を僕の方に放った。

「知っているか、この雑誌を」

「いえ」

「兄貴の書いた小説が初めて載ったものだ。兄貴の奴、この雑誌が出たときには、家に三十冊ばかり送ってきた。よほど嬉しかったとみえる。一緒につけてきた手紙には『会社の連中にも読ませてあげなさい』なんて書いてきた。さすがにいい気なもんだと思ったものだ」

叔父の声には、少しばかり自嘲的なものが感じられた。

「だが、親父は同じように喜んでいた。私はあんなに嬉しそうな親父を見たことがなかったな。まるで自分が受賞したみたいだった。さっそく雑誌を買い占めて、そこら中に配っていた。それまで私は、親父に親馬鹿なんて言葉があてはまるなんて考えてもいなかったよ」

僕は自分の性格が時々いやになることがある。いつでも周囲の人間を気にして、相手が何を考えているのか、どういう性格の人間か。もっと端的に、自分にどういう影響を与える人間か。そんなことばかり気にしてしまう。でもその結果、僕はまず人の気持ちを見抜くようになってしまった。

だから、僕は今の叔父の気持ちが読み取れてしまう。叔父は、父に嫉妬している。少なくとも、かつて嫉妬していたことがあったに違いない。

「ところで、最近、君のまわりに何だかわけの判らん奴がまとわりついているらしいな」

「えっ」

いきなりの攻撃だった。

「いまさら昔のことをほじくりだしても、なんの得にもならんだろうに。迷惑なことだ」

やっぱり、泉が話していたんだ。へたな脅迫文を置いておくだけじゃ気がすまなかったんだろう。

なんだか、うんざりだ。

「もちろん、君もそんな奴にうまうまと乗せられてしまうほど分別のない人間ではなかろうが」

「………」

「私のように表立った仕事をしていると、あの手の連中には、よくお目にかかるがね。はっきり言って、クズだ。他人の背中に張りついて、その他人の垂れ流したものを養分にして肥え太っていく。自分じゃ何もできはしないんだ」

叔父はグラスに残ったウイスキーを一気に飲み干した。そして、空のグラスをまるで汚いものみたいな眼つきで見つめ、テーブルに置いた。

「君に過去はない。もうなくしたんだ。この家に来たときから君の人生は始まったことになる。それより昔のことは、いまさら思い出す必要もあるまい」

過去を探るな、か。親子そろって同じことを言っている。

「それが、話したいことですか」

僕は少し腹が立っていた。叔父や泉に対してこんな気持ちになるなんて、初めてのことだ。

「いや、それはついでのことだ」

「では、肝心の用件を言ってください」

叔父は少し驚いたような表情を見せ、そして、笑い出した。

「なるほど、担任の教師の言っているとおりだな」

「え?」

「君はまるで中学生らしさがない、ということだ。君の担任に言わせれば『裕司君は始終難解な言葉を好んで使ったり、目上に対して横柄な態度をとったりする。実にけしからん』のだそうだ。彼はそれは君がみんなより一歳年上だからだと思っているらしいが、私から見れば君の態度は単なる礼儀知らずにすぎない。言葉遣いもただ自分が読んだ本の文句を訳も判らず遣っているだけだ。違うかね」

グラスの氷がカランと音を立てた。なにもかもが、僕を馬鹿にしているみたいに聞こえた。

「じゃ、本題に入ろう。来年、君を留学させることにした」

うちのホテルのボーイに雇ってやろう、と言われたとしてもこんなに驚きはしなかったろう。

「留学って……そんな話は――」

「したことはないな、今までは」

叔父の口調はいつもに比べてずいぶんくだけた感じだった。しかし冗談を言っているわけではないのは、よくわかった。

「だが、前から考えてはいたんだ。来年は高校だが、君には胡蝶グループの幹部候補としてふさわしい人間になってもらわなくてはならない。うちのホテルもハワイやマイアミに進出したことだし、その他にも海外に手を伸ばしたい分野はたくさんある。君にはその海外施策の基幹となってもらうべく、今から教育をしておきたい。そうだな、さしあたってニューヨークあたりのハイスクールに交渉しているから、あと一週間ほどで連絡がくるだろう」

「ちょっと、待ってください。僕は――」

「何か不満でもあるのか？」

「あります。僕の意思は考えてくれないんですか」

あまりに強引な話だった。これではまるで、会社の人事異動みたいではないか。

「意思か……、そんなものがあったのかね」

叔父は僕をけしかけているみたいだった。

「では聞くが、君はこれからどうするつもりだ？」

「それは……」

「何か、自分でやりたいこと、計画していることがあるのかね」

「……」

「それもないのに、どうして自分の意思云々が言えるんだ」

叔父の言葉は容赦がなかった。

「それに勘違いしてもらっては困るが、君には選ぶ権利はない。うちで養われている以上ね」

「そんな……」

養われている……僕は……。

「たしかに君は兄貴の子だ。その意味では私に扶養の義務がある。しかし、胡蝶グループのリーダーとしては、単に血縁だからというだけで無能な者をグループの中枢に置いて、企業の屋台骨を危機にさらすわけにはいかないんだ。君にはこれからいろいろしごかれてもらわなくてはならない。そうしたうえで、君がそれなりに成長したなら、喜んでグループに迎えよう」

「……もし、僕が潰れたりしたら？」

言ってから、聞くんじゃなかったと思った。叔父は軽く眉を動かしただけで、言った。

「さっき言ったろう。幹部候補だと。あくまで候補なんだよ。駄目なら、落選するだけだ。まあ、私のつてでどこかの会社にもぐり込ませてはやれるだろうがね」

もう、返す言葉もなかった。僕は完全に打ちのめされた気分だった。

「話としては、それだけだ。近日中に留学先を知らせる。決まれば、今年の夏にでも行けるようにしよう」

「そんなに……早く……」

「別に早くもないさ。心の準備なんて言い出すなよ。そんなものは行ってからすればいいんだ。では、もう戻ってよろしい」

叔父はそう言うと、空のグラスに氷を足してウイスキーを注いだ。僕のことはもう頭にないかのような素振りだった。

僕は立ち上がって、部屋を出ていきかけた。そのとき、ふと思いついたことがあった。今、そのことを聞くのは場違いのようでもあったし、気も重かった。だけど、まるで僕の気持ちを考えてもいない叔父に一矢《いっし》報いたい思いが勝った。僕は、訊いた。

「叔父さん、お祖父さんの遺産のことだけど……」

「えっ？」

今度は叔父の方が面食らったようだった。

「あの美術品のコレクションは、父さんが相続したんでしょ？　今、誰が管理してるんですか」

一瞬、叔父は何を言われているのかわからないような表情をした。だけど僕には叔父が返答を少し延ばすために演技したように見えた。

「あれは、今は財団法人の『胡蝶コレクション保存会』が管理している。胡蝶美術館の運営もね。それから——」

と叔父はまた少し言いよどんだ後、

「それから、これはもう話しておいていいだろう。あの美術品は兄貴が相続したものじゃない」

「では、誰が？　叔父さんですか」

「いいや、君だよ」

叔父は言った。

「親父の遺言では、胡蝶コレクションは兄貴の息子に譲られることになっているんだ」

12

僕の部屋には、ワニがいる。

大きなぬいぐるみのワニだ。太鼓腹を抱えて後ろ足と尻尾で立ち、口を大きく開いている。その口の中にはティッシュが入れられるようになっていて、いつも白い紙を口元からはみ出させていた。

泉が去年の誕生日に贈ってくれたものだ。

そのワニを、僕は思いきり蹴飛ばした。

ワニは壁にぶち当たって跳ね返ると、床にうつ伏せに倒れた。

それでも、気持ちがおさまらなかった。僕の中で怒りがどんどん増殖している。

僕にはやっとわかった。今まで叔父が、僕をどう考えてあつかってきたか。そして、これから僕の取る道が、どれほど少ないか。

わかったとしても、どうにもならないのが悔しかった。叔父の言うとおり、僕には選ぶ権利はないのかもしれない。山本の家に生まれた以上、胡蝶グループの一員、それもトップとなるか、さもなければ自分ひとりで生きてゆくか。

父は後の道を選び、そして挫折した。たとえ結果は惨めな負けだったとしても、とにかく自分だけでやっていこうとしたのだ。だが、僕は……。

僕には、この家しかない。この山本の家が僕の記憶の始まりであり、すべてなのだ。ここを離れて生きてゆくことはできないだろう。少なくとも、今のところは。

おそらくは、僕は叔父の言う通りに留学するだろう。そして僕の人生は、まるでモノポリーの盤面のように進んでいくのだ。どんなにうまくいったとしても、盤に書かれた人生以外の生き方はできない。土地を買占め、家を建て、ホテルに改築し、金を吸い取る。同じ盤面を囲んだ者たちとの、取引と騙《だま》し合い。最後に立派な死亡記事が新聞を飾る日まで、ゲームは続けなければならない。

叔父は、僕に意思があるのかと訊いた。将来の展望もなくて、自分の意思などと言えるのかと僕を責めた。

だけど、僕はまだ十五歳なのだ。自分の生き方など、決めつけられるはずもない。すべてはこれから始めなければならないのだから、今どうすべきかがわかっていないからと言って、他人の用意した押し型にはめられる義務もない。僕は、僕であって、僕でしかないのだから。

そんな反論の言葉が、僕の頭の中で騒いでいた。叔父に向かって、その言葉の槍を突きつけてやりたかった。

だが、そうしないだろうということも、僕にはよく判っていた。僕は叔父に自分の意思を伝えることはできない。あの威圧的な叔父の前では、僕はただ黙り込むだけの人形になってしまう。その不甲斐なさがよく判っているのが、とても悔しかった。

思えば僕は、一度だってこの家の人間として生活した事はなかったように思う。肌合の違い、とでも言うのだろうか、山本の姓は名乗っていても叔母や泉から家族としてあつかわれていても、自分の奥のどこかが、それに不協和音をとなえている。今まで意識的に封じていたそんな違和感が、今いっきょに吹き出してきたようだった。

僕は、自分の生すら自由にできない。それもこれも、過去を持たないからだ。

僕は、記憶を取り戻したいと思った。かつてないほど痛烈に、自分の過去が欲しくなった。

そのためには、僕の手であの事件の解明をしなければならなかった。小林の言うように、他人では駄目なのだ。僕自身が、真相を解明し、あの日僕と僕の両親に起こったことを思い出さなければ、いつまでも自立できないままで叔父の言いなりになってしまう。

やらなければならない。そう思った。

もう一度事件のあらましを考え直してみようと、机のうえに置いたメモを取ろうとして、父の雑誌のことを思い出した。ひとに見られないように、引き出しの奥にしまってあった。取り出すと、あの別荘のかすかなかびの臭いがした。

雑誌の名は「創始」とあった。今では本屋でもあまり見かけなくなった、純文学の雑誌だった。裏を見ると、コミック雑誌で有名な出版社の名前があった。

父の小説は、主人公の若者と旅先で出会った老遍路との心の交流を描いた、三十枚ほどの小品だった。発行年から見て、二十七歳以前に書かれたものだろう。それにしては年寄り臭い文章で、めりはりがなかった。どこが面白いのか判らなかった。

ためしに同じ雑誌に載っている他の作家の作品にも、眼を通してみた。僕も知っている有名な作家の小説は、主人公の若者と定年退職した恩師との心の交流を描いたものだった。驚いたことに、父の作品とほとんど同じ構成だった。にもかかわらず、こちらはとても面白かった。言葉のひとつひとつが、生きて僕に語りかけてくるようだった。そうか、小説ってのは何も派手派手しい事件を扱わなくても充分読ませることができるのだな、と新鮮な驚きを感じた。

父の才能については、小林の言うとおりだと認めざるをえなかった。それなりの文章は書けるけど、ひとを感動させるような物語は作れない。あり合わせの言葉でありきたりの話を紡《つむ》ぐのがせいぜいだろう。

別荘の父の蔵書を思い出した。あれはまるで図書館のようにきちんとした、偏《かたよ》りのないものだったように見えたが、それが父の才能の限界を表しているのかもしれない。もし自分をしっかり持った作家だったなら、蔵書にもそれなりの癖が出てくるはずだ。あんなに整然とした蔵書にはならない。あの中で眼を引いたのは、父の作品が載った雑誌と、数冊の推理小説だけだった。

僕は雑誌を机の上に放り出した。もう、二度と読み返すこともないだろう。

再び、メモに戻る。

母が父を階段から突き落としたとしたら、つまり、父が母より先に倒れたとしたら、それは午後三時以前のことになる。では、それはいつか？

ここで覚えておかなければならないのは、父が外出する予定でいたということだ。金子という院長に、母の入院の件で相談に行くはずだった。ということは、約束の午後二時以前に、父は出かけていなければならない。

問題は金子という医師がどこにいるのか、ということだ。小林のメモには書かれていない。こんなことなら、もっと尋ねておくんだった、と自分のうかつさを悔やんだ。と、そのとき、ふと思い出したことがあった。

机の引き出しをひっかきまわしてみた。一番上の引き出しの奥に、それはあった。和紙で作られた、凝《こ》った名刺。そこには、「医学博士　金子修造」と書かれていた。

何のことはない。僕が入院し、父が現在入院している、あの病院の院長なのだ。考えてみれば、すぐわかりそうなものだった。山本の家と関係が深いからこそ、父はあんなにも手厚い看護が受けられるのだ。小林が金持ち専門の病院と言ったとき、すぐ気づくべきだった。

この名刺は、たしか一年ほど前に父の見舞いに行ったとき、ちょうどいあわせた院長からもらったものだ。印刷したばかりで、誰かれかまわず配っていたらしい。

僕は、この院長におぼろげながら記憶があった。僕が入院しているときに、僕のベッドの前に立って僕を見おろしていた恐い人たちのひとりだった。あの、まだ自分が朦朧《もうろう》とした霧の中にいて、世界と自分の分化ができていなかったころ。

他の大人たちより頭ひとつ小さくて、だけど誰よりも恐い感じだった。僕の腕を取ったり、胸に手を当てたり。僕を品定めするみたいにあつかって、まわりにいる大人にいろいろ指図していたのを、覚えている。それはまるで、僕をいじめて楽しんでいるようにも感じられた。

父の病室で顔を合わせたとき、僕は思わず身震いをしたほどだった。またあの病室に戻されるかと思ったからだ。院長は小さな体――僕でさえ、頭半分ほど大きい――を揺すって恵比寿《えびす》みたいに笑いながら、僕の手を握ってきた。

「やあ、元気でやっておるかね。また悪くなったら遠慮なく戻ってきてもいいんだよ。君はまだ完全ではないのだからね」

金子院長はおそらく、僕に媚《こ》びるために愛想よくしてきたのだろう。しかし、その言葉に僕は心の底から脅えた。いつでもおまえをここにひっぱってきてやるぞ。そう言っているとしか思えなかった。

　僕は名刺をもとどおり机の奥に戻した。

とにかく、父が金子を訪れるつもりでいたとしたら、午後二時にはあの病院に着いていなければならないのだ。

　僕は本棚から地図を取り出し、父の別荘と病院の位置関係を調べた。車で四、五時間はかかりそうだ。とすれば、父は午前九時か十時に別荘を出発しなければならない。少し変だ、と思った。だが、何が変だかよく判らない。僕の中で何かが違和感を訴えている。僕は記憶の糸を手繰り寄せた。

　こういうときは余分な記憶がなくなっていることが幸いする。その代わりに、記憶に残っていることは、どうでもいいようなことまで覚えている。僕はいつだったか、病院で聞いた看護婦の話を思い出した。

　父は病院に運び込まれたとき、かなり危険な状態だったという。あと少し遅れていたら、間違いなく助からなかったそうだ。その看護婦は言った。

「倒れて二、三時間が限度なんです。それより遅れては、助けるのは難しくなります」

　父が倒れた時間は、発見された午後九時からそんなに離れてはいないはずだ。あの看護婦の言葉を信じるなら、午後六時か七時頃だろう。当然、母の死亡推定時刻より後になる。

ではやはり、父は母が首を吊った後に、階段から落ちたのだ。

これは、あまりに単純な推理だった。簡単すぎて、今ひとつ自信を持てない。こんなに簡単にわかるなら、とうの昔に警察が突き止めているはずではないのだろうか。

調べてみなければならない。明日にでも病院へ行ってみようと決めた。

13

僕と泉との、家庭内絶交は続いていた。

学校や家で、泉が僕をときおり意味ありげに見て、なんとか仲直りのきっかけを作ろうとしているのには気づいていたが、僕はその日も一言も口をきかなかった。今までも喧嘩をして冷戦状態になったことは何度かあったが、これほど深刻なのはない。いつもなら、うやむやのうちに解消してしまうのに、今度ばかりは僕自身もどうしようもない。あの手紙と叔父への密告の件で、僕は泉を許す気になれなかったのだ。

僕だって、自分の頑固さがいやになっていた。僕にとって、泉はほとんど唯一の友達であり、もっとも身近な存在だった。泉と仲直りができないなんて、とても辛かった。

だが、今の僕は僕をひとりの人間として自立させ、誰にも指図されない僕だけの僕を作り出すために行動を起こし始めたばかりなのだ。今いい加減な気持ちで泉とのことをうやむやにしてしまったら、僕は元の人形に戻ってしまうような気がしていた。

だから、自分の気持ちがしっかりするまで、泉を中途半端に許すことはできない。そんな融通のきかない考えが、僕をますます頑固にしていた。

父の別荘探索の翌日、僕は何か言いたげに校門で待っていた泉を無視して、校舎を出た。僕を眼で追う泉がほとんど泣き出しそうな顔をしているのを見て、僕は自分がどうしようもない冷血漢のような気がしてしかたなかった。

その足で、病院に向かった。

院長の金子は、僕の訪問をすんなり許してくれた。叔父の力が、ここにも及んでいるおかげだ。

一階の院長室は、まるで彼の見栄の集大成のような造りをしていた。足首まで埋まってしまいそうな絨毯《じゅうたん》。たぶんイタリア製の、重厚な感じの応接セット。壁際にはゴルフコンペのトロフィーがマンハッタンのビル街のように林立していた。その横には院長の写真が十枚近く飾られている。その写真の中で院長と握手しているのは、テレビや雑誌で見かけるような有名人たちだった。それも芸能人ではなく、政治経済の関係だ。写真では、院長先生はそれらの有名人と対等に接しているように見える。おそらく、この写真を撮るときには、かなり高い踏み台を用意していたのだろう。

院長は僕を迎えるために、部屋の一方の端から飛び跳ねるようにしてやって来た。

「やあ、ひさしぶりじゃないかね、裕司君。父上を見舞いに来るときは、わしの所へも来てくれたまえよ。君ならいつでも歓迎だよ」

僕は院長の言葉がただの外交辞令なのか、それとも僕を今でも治療が必要な病人だと言っているのか、その真意をはかりかねた。

だから、ただ黙って頭を下げたままにしておいた。院長は僕の肩を埃でも払うように叩くと、ソファにかけさせた。

「いやあ、しばらく見ないうちに、すっかり大きくなったねえ。わしの所へ運び込まれたときは、まるで生まれたばかりの赤ん坊みたいになんにもわからなくなっていたが。わしも本当に苦労したよ。君のような記憶喪失者は初めて見たからね。わしは君のことを自分の子供のように思っているんだ。なにしろ、わしの手でここまで立ち直らせたんだからね。もう記憶の方は戻ったかね？」

「いえ、実は今日は、僕の記憶を取り戻すために少し昔のことを教えていただきたいと思ってきたんです」

「なるほど、それは感心だね」

僕が答えないうちに院長はまたしゃべり出した。

「君もいろいろ苦労しているとは思うが、くじけちゃいかんよ。なにしろ、君は叔父上の暖かい援助のおかげで、こうして立派になったんだからね。叔父上の期待に応えるためにも、今から一生懸命勉強して良き企業人となるべく努力しなくちゃならん。そんなことは君もようく理解しているとは思うがね」

放っておけば、何時間でも話し続けそうな勢いだった。

僕は院長の息つぎの合間を狙って、言葉をはさんだ。

「あの、父のことについてお聞きしたいんですが」

流れを急に止められた院長は、一瞬眉をひそめたが、すぐ外交的な笑顔に戻って、

「おお、父上のことかね。まあ、今のところは順調だ。いや、順調と言うのは特に悪い事態にはいたっていないということでね、快方に向かっているとか、そんなことではないんだ。そこのところを誤解しないでほしいが、なにしろ父上の病気は――まあ、病気と言っていいだろうが――悪化させないだけでも大変な努力が必要なんだ。君も

知っているとおり、父上は植物状態に陥ったまま、約十年が経過しようとしている。この状態で十年生き続けるというのは、すごいことなんだよ。これもこの病院の設備と技術なくしては、できないことだ。これだけ体を動かせない状態であれば、普通の病院なら床ずれなどで患者はかなり辛い思いをするんだが、ここの完全看護態勢によって、そんな心配は必要ない。この事実だけを取ってみても、ここの医療体制は完璧であることがわかってもらえると思う」

院長は一気にまくしたてた。たぶん、ここを訪れる得意客のために、同じことを熱弁しているのだろう。そうです、我が医院の医療体制は完璧です。ですからあなたの家族を安心して入院させてください……。

「では、父が意識を取り戻すことは絶対にないんでしょうか」

僕は院長の自慢を無視して訊いた。

「うん、それは……、まあ、ないとは言えないがね……」

院長の饒舌《じょうぜつ》が急に淀んだ。

「こういうのは、非常に難しい問題なんだよ。特に人の脳というのは微妙でね。ちょっとしたショックに対しても、敏感に反応するんだ。もちろん、現代医学は脳のメカニズムについても研究を進めてはいるが、百パーセント解明できたとは言えない。だから……父上の病状も、いつどうなるかはっきり言えないんだ。ひょっとしたら、明日意識を取り戻すかもしれないし、まだ時間がかかるかもしれない。いや、実際のところ、わしも専門の分野ではないのでね」

結局、院長は何も言えないのだった。だったら、今までの自信あふれた言葉にどんな根拠があったのだろう。

だけど、それを問い詰めても、無駄だろう。僕は質問を変えた。

「父がここに来たときのことについて聞きたいんですが、長野の病院からこちらに運び込まれたのは、いつでしたか」

突然の妙な質問に、院長は驚いたようだった。

「それは……なんでまた？」

「いえ……ちょっと気になったもんですから」

言い訳を考えてこなかったのが、悔やまれた。こんなこと訊いたら、当然変に思われるに決まっていたのだ。

だが、院長はそこをあまり深く追及してこなかった。

「そうだねえ、あれはたしか、十月の初め頃だった。なんとか一命はとりとめたものの、意識は戻りそうもないということで、結局真二郎氏、君の叔父上のたっての希望でここへ移されたんだ」

「その頃から、父はあんなふうに意識がなかったんですね」

「そうだ。こちらでもできるかぎりの治療はしてきたが、現状維持がやっとだった」

院長の言葉が少し慎重になってきた。父の病状について、病院側の責任を追及されるとでも思ったのだろうか。

「これは、こちらに伺うのはおかしいかもしれませんが、父が倒れたのは発見される何時間前だったか、わかりませんか」

「なんだって？」

僕の質問は、院長の警戒心をますます募らせたようだった。

「そんなことは君、わかるはずないじゃないかね。ここに来たのは、最初の病院に運び込まれてから二ヵ月も経ってからなんだよ。そんなことを、どうして知らなきゃならないんだ？」

院長の眼がいぶかしげに細められた。そろそろ切り上げないと、いけないかもしれない。でも、もう少し、訊いておきたいことがある。僕はわざと無頓着な態度になって、質問を続けた。

「しかし、前の病院からいろいろデータや何かが来てると思うんですが。調べられないですか」

「君、いくら患者の肉親だからって、教えられることと教えられないことがあるんだよ」

とうとう、院長は態度を硬化させてしまったようだ。僕は、私立探偵には向いていないらしい。

「そんなことまで知らないと、自分の記憶が戻らないとでも思っているのなら、考え違いだよ。君は思い出せないんじゃない、思い出したくないだけなんだ」

すっかり不機嫌になった院長は、キンキン声でわめきたてた。

「君の潜在意識の中に過去を消し去りたいという願望があるからこそ、記憶が埋もれているんだ。あの事件で君が何を見たのかは知らんが、君自身が見たくなかったことを見てしまったに違いない。あるいは、君が知りたくなかったことを知ってしまったとか……」

ふいに、院長が口をつぐんだ。さっきまでヒステリックに赤くなっていた顔色が、さっと冷めてきた。言ってはいけないことを言ってしまった、そんな感じだった。

「知りたくないこと、というのは、どんなことでしょうか」

すかさず、突っ込んだ。院長はうろたえながら、

「そんなこと、わしは知らん！　わしが知っておるわけ、ないじゃないか」

いや、知っている。僕は確信した。この男は、何かを知っている。

「もう、帰ってくれたまえ。君にこんな侮辱を受けるいわれはないぞ」

「僕、何も先生を侮辱したつもりはないですけど。ただ自分の親のことを訊いただけで」

「帰るんだ」

院長は、指をドアに向かって突きつけた。最後通告だった。

僕は立ち上がった。これ以上、ついても無駄みたいだ。

「失礼しました」

わざと丁寧にお辞儀をして、ドアに向かった。

肩ごしに、院長の甲高い声がした。

「まったく、礼儀を知らん奴だな、君は。それでは、叔父上の好意を無にしてしまうぞ。君のことで叔父上がどれだけ尽力したか、君にはわかっておるのかね。そもそもこの事件の初めから……」

僕は振り向きざまに、言った。

「知りたくないことっていうのは、叔父に関係することなんですか」

僕の眼の前で、院長の顔から、血の気が引いていった。それだけ見れば、充分だった。僕は相手の言葉を待たずに、部屋を出た。

院長の知っていることが何かは知らない。ただ、これだけは言える。

それには、叔父が係わっている。

14

準急しか停まらない小さな駅の前から、舗装されたばかりの真っ直ぐな道が延びている。

道の両脇は、ここに移り住んだひとを目当てにした商店街。ブティック、喫茶店、本屋にハンバーガーショップ。もちろん、大きなスーパーもあった。

平日の午後ということもあってか、人通りは少ない。小さな子供を連れた母親が、ショッピング・カートを押しながら歩いているくらいだった。

僕はハンバーガーショップでコーヒーシェイクを買い、ストローをくわえながら通りを歩いていった。この先に、「胡蝶美術館」があるのだ。

美術館には、小さいころに何度か来たことがあった。そのころは展示されている美術品などには興味もなく、だからとても退屈だった。
だが、これからは違う。そこにある物すべてを、僕が所有していると判った今では。

通りを少し歩くと、なだらかな坂になっていた。両脇には比較的新しい建売住宅が並んでいる。同じ屋根、同じ壁、同じ門の列が肩を寄せあっていた。きっと、ひとりでは心細いのだろう。

家たちは春の午後の陽射しの中でうたた寝をしている猫のように見えた。
坂の頂上近くに、まわりの家よりひとまわり大きい、しかし目立たない造りの白い建物があった。

門扉にブロンズの表札がある。「胡蝶美術館」と書かれた表札だ。その字の下に小さく「山本胡蝶　筆」とある。祖父の書いたものなのだろう。

門は開いていた。閉館まで、あと三十分くらいだった。僕は大きなアゲハチョウをデザインした門を過ぎて、中に入った。

ドアだけは普通の家と違い、自動ドアになっている。右手の受付に声をかけると、管理人が出てきた。六十をすぎたくらいの小柄な男のひとだった。たしか、この美術館ができたときからここの管理をしている。

「おや、これは坊ちゃん。珍しいことで」

管理人さんは、平和鳥のようにぺこぺこ頭を下げながら僕を迎えた。

「すみません、こんな遅くに」

「何をおっしゃいます。山本家の方がここへ来るのに遠慮がいるものですか。ささ、どうぞ」

皺《しわ》の多い顔をさらに皺だらけにして、管理人は僕を奥の控室に入れようとした。

「あ、まず中を見たいんだけど。最近来てないもんだから」

「さようですか。よござんす。どうぞごゆっくり」

僕の後をついてくるつもりかと思ったが、管理人はあっさり控室に引き下がった。余計な説明などしてほしくなかったので、この配慮はうれしかった。

平日のせいか、他の見学者はいない。この美術館は二階建で、一階は蝶の博物館になっている。展示室に入ると、まず祖父の大きな肖像写真が眼に入った。

痩せた、しかしとても頑健な感じのする老人だった。たぶん、眼のせいだ。何もかも自分の言うままにしないではおかない、そんな強い意志を感じさせる瞳。それは、叔父にも通じるものだった。そういえば、肉の落ちた頬から顎にかけての線も、叔父そっくりだ。

写真の下に、山本胡蝶翁の年譜があった。小林が説明したのとほぼ同じことが書かれていた。そこには、祖父が満州から帰って以来、着実に事業を発展させていった経歴が、簡単に、しかも要領よくまとめられていた。僕も成功者になれたら、こうして自分の人生をきれいにまとめてもらえるかもしれない。

年譜の後には、こう書かれていた。

企業人として成功した胡蝶翁は、またその雅号が示す通り自然を愛する風流人でもありました。殊に蝶に対する愛着は深く、自ら絵筆を取るばかりでなく、全世界の蝶標本から、蝶に関する美術品に至るまで、そのコレクションは世界にも例をみない豊富なものでした。

当「胡蝶美術館」は、その偉大な胡蝶コレクションの数々を管理・保存し、その偉大な足跡を偲《しの》ぶ為に設立されました。

胡蝶コレクション保存会代表　山本真二郎

祖父の紹介文の隣から、蝶の標本が展示されていた。

日本、ヨーロッパ、アジア、アメリカの各地ごとに区別されて大きな額に収められた蝶たちは、せいいっぱい翅《はね》を広げて、自分の生前の美しさを誇示していた。とても華麗で、そしてとても淋しい姿だった。考えてみれば、この美術館そのものが、祖父の生前の偉業を誇示するための標本みたいなものだ。祖父の経歴が蝶の死骸といっしょにここに展示されているのが、なんだか、たちの悪い冗談のような気がした。

二階には、祖父の集めた美術品が飾られていた。

狭い階段をあがるとすぐに眼につくのが、祖父の描いた水彩画だった。赤い牡丹《ぼたん》の花にとまろうとしている、アオスジアゲハの絵だ。鱗粉《りんぷん》のひとつひとつまで描き入れようとでもしたかのような、緻密な筆の運びだった。

叔父の家の居間にある黒い蝶の絵も、祖父が描いたものだったはずだ。万事に抜かりなく事業を広げていった祖父らしい、描き方だ。

他にも五点ほど、祖父の筆による水彩画が掛かっていた。その他には、祖父が世界中から収集した蝶の絵や蝶をデザインした装飾品とかが展示されている。あまり高価な物は置いていなかった。有名な美術品はふだん銀行の金庫に保管されていて、年に一度か二度ここで公開されるのだった。

降りてくると、管理人は控室で番茶を用意して待っていた。

「すみませんなあ。なんのお構いもできなくて」

皿に盛ったあられを差し出して、管理人は本当にすまなそうに詫《わ》びた。

「いいんですよ。こっちが突然来ちゃったんだから」

「ありがたいお言葉です。ところで、今日はお休みだったんですか」

「いえ、ひさしぶりにここへ来てみたくなったもんで」

僕は適当に言葉をつくろった。管理人は何度もうなずいた。

「そうですなあ。たしかこの前ここにいらしたのは、もう、二年前ですか。すっかり大きくなられましたな。お父様そっくりですわ」

「父を、知っているんですか」

父に似ている、と言うのはたぶんお世辞だろう。

「はい、わたくし以前は伊豆の胡蝶ホテルに勤めておりましてね。あそこが胡蝶グループ発祥の地とでも申しましょうか。胡蝶様が初めて経営されたホテルでございました。私はそこに開設当時から御厄介になっておりまして、あなた様のお父様がちょうどあなた様くらいのときから存じあげておりますよ」

管理人の表情が、懐かしい友達を見るようにゆるんだ。

「お父様、雄一郎様はお小さいときから聡明なお方でした。伊豆のホテルにも何度もおいでになって、ホテルや海岸の風景などをよくスケッチしておられました。胡蝶様の芸術家としての資質を、もっとも強く受け継がれたんでしょうな。胡蝶様もそんな雄一郎様を、本当に眼に入れても痛くないほど可愛がっておられました。息子が絵を描いたと言っては、従業員にお見せになり、学校でこのホテルのことを作文に書いたと言っては、回覧されるといった具合でして」

僕には、さっき見た祖父の厳《いか》めしい肖像と、今の話とがどうしても結びつかなかった。まるで経営の鬼のような祖父に、そんな一面があったとは。

——親父に親馬鹿なんて言葉があてはまるなんて考えてもいなかったよ。

叔父の言葉を急に思いだした。

「おそらく、雄一郎様は、胡蝶様の夢だったのでしょうな」

僕の考えを引き継ぐように、管理人は言った。

「胡蝶様は、経営者としても希有《けう》のお方でした。しかし、本当の望みは世界有数のホテル経営者になることではなく、絵で一家を成されることだったのだ、と私はそう思っております。きっと胡蝶様は、雄一郎様にそんなご自分の夢を託されたのだと思います」

絵と小説。形は違いこそすれ、祖父にとって父の文学的才能——それが、中途半端なものであったにせよ——は、自分の成しえなかった希望を実現させるための大切な宝だったのかもしれない。

「それで、雄一郎様の容体は、相変わらずでございますか」

管理人は、聞きにくそうに、訊いた。

「うん、相変わらずだね。この前も病院の院長に会ったけど、見込みは、もう……」

「さようですか……」

まるで自分の息子の容体を気にしているかのように、管理人は肩を落とした。

「あんなことが起こったなんて、今でも信じられませんなあ。そういえば、祥子様がここへおいでになったのは、まだおふたりがご結婚なさる前でした。とてもお美しい方でした。ただ……」

管理人は、僕をちらと見て、言い淀んだ。

「ただ？」

「いえ、お気になさらないでください」

「何かあったんなら、教えてください。僕は今、父と母のことを知りたくて、いろいろ調べているんです。お願いします」

僕は頭を下げた。

「そんなに大層なことではないんですよ。どうぞ頭をおあげなさってください。まあ、あんな事件があったせいで、わたくしが偏見を持ってしまったのかもしれませんが……」

と、管理人は前置きをして話し始めた。

「祥子様は、このご結婚にあまり気乗りがしていなかったのではないかと思うんですよ。ここへ雄一郎様とおいでになったとき、わたくしは後ろについて展示の説明をしておりましたが、美術品のひとつひとつについて、その価格をお知りになりたがったんです。雄一郎様もしまいにはうんざりなされた様子で、

『君、なにもそんなに値段の話ばかりしなくてもいいじゃないか』

とおっしゃいますと、祥子様は、

『だって、わたしがあなたと結婚するのは、子供を生むためでしょ。あなたがこのコレクションに未練がある以上、わたしとしても興味があるわ』

とおっしゃいまして。わたくしは何と言うか、とてもドライなお嬢様だなと、そのとき思いまして――」

管理人はそこまで話して、急に真っ青な顔になり、

「ああ、とんでもないことを申しまして、おゆるしください。どうか今のことはお聞きにならなかったことに」

と、ひたすら恐縮して言った。

「いえ、たとえどんな話であれ、父と母のことを聞かせてくれて、ありがとう」

僕はこの気のいい管理人を傷つけまいと、なんとか平静を保って、言った。でも、鉛の塊を飲み込んだような重苦しさは、どうしようもなく僕を苛《さいな》んだ。

母と父は僕を生むため、このコレクションの相続者を生むために結婚したのだ。

15

西の空が、サルビアの色に染まっていた。

街路樹が、ひとが、ビルが、静かに色を失いながら、影になってゆく。街に灯がともるまでの、都会の黄昏《たそがれ》どきの光景だ。もうすぐ昼間よりきらびやかな、光が躍りはじめる。

家路を急ぐ人波の中、僕はただあてもなく歩いていた。

美術館からの帰り道、駅を出たとたん、ああ駄目だ、と思った。このまま、家には帰れない。いや、もうあの家に戻りたくない。そんな気持ちが胸いっぱいに迫ってきて、鼻の奥がむず痒《がゆ》くなった。

そのまま駅に戻って電車に飛び乗り、繁華街へ出た。僕を知らないひとたちの中に、まぎれこんでしまいたかったのだ。

自分から始めたこととはいえ、僕が知った事実はあまりに重すぎた。父と母の間には初めから愛情はなかった。ただ打算だけだった。結婚は、あの美術品を相続する子供を生み出すために、仕組まれたことだった。そして、その計算どおりに、僕は生まれた。

小林が言っていたように、祖父の遺言こそが僕の存在を決定した。僕は、あのくだらない蝶たちを相続するためだけに、この世に生み出されたのだ。

街を行くひとたちは、みんな表情を他人には見せないようにしていた。お面のように冷たい顔。だけど、それが僕にはここちよかった。こうして歩いている間でも、このひとたちはいろいろな問題を抱えているのかもしれない。それでも、彼らは何も悩みなどないかのように無表情に歩いている。それはとても立派なことだ。僕にそれができるだろうか。これから、抱えてしまった自分の存在理由の重さに耐えて、こうして表情を隠したまま、生きてゆけるのだろうか。

僕はみんなに尋ねてみたかった。あなたはどうしてここにいるんですか。どうして生まれてきたんですか。僕はどうしたらいいのですか。生まれてきた理由とどうしたら折り合いをつけて生きてゆけるのですか。

どうやったら、死なずにいられる勇気が手に入れられるのですか。

駄目だ、ひさしぶりに落ち込みが激しい。こんなときには、徹底的に落ち込みとつきあうしかないと、今までの経験から判っていた。鬱からはいあがるには、一度底までいかなければならないのだ。

僕は手頃な喫茶店に入った。事件を自分で考えてみるためだ。とことん考えてみれば、そのうちこの鬱地獄から抜け出せるだろう。

インテリアを青で統一した、とても明るい雰囲気の店だった。僕は笑顔のウエイトレスにアイスミルクを頼み、ジーンズ張りのソファに沈み込んだ。

どうしても、わからないことがあった。祖父はなぜ、生まれてもいない父の子供にあのコレクションを相続させようと考えたのか。

叔父や管理人の言葉を聞く限りでは、祖父は父を溺愛していたらしい。ならば、父に直接残せばいいのではないか。祖父の真意を確かめる方法がない今、それに答えられるのは叔父だけだろう。

叔父のことを思い出すと、また落ち込みがひどくなりそうだった。あの院長が知っているらしい僕の秘密には、間違いなく叔父が関係している。そう考えると、先日の叔父の態度にも何か意味がありそうに思えてくる。なんだかまるで、僕を日本に置いておきたくないみたいだった。僕が外国にいる間にあのコレクションをどうにかしてしまうつもりなのかもしれない。

僕がコレクションの相続者だということも、叔父は隠していたのだろうか。いや、それは違う。あのとき、少し躊躇《ちゅうちょ》したとはいえ、わりあい簡単に僕に相続の件を話してくれた。どちらにせよ、祖父の遺言が法的に正しければ、しかるべきときに僕に知らされるはずだったろう。

しかし、叔父は胡蝶コレクション保存会の代表でもあるのだ。ひょっとして、何かの細工をしてコレクションを自分の物にしようとしているのかもしれなかった。

なんだか、小林が言っていたとおりかもしれない、と思えてきた。僕は、僕を食い物にしている連中の中に住んでいるのかもしれない。そう考えると、やりきれなかった。

僕は、あんなコレクションなんか、欲しくない。たとえ何億だと言われても、欲しくない。叔父が欲しがっているのなら、譲ってあげてもいい。こんな辛い思いをするよりは、ずっといい。

気がつくと、テーブルの上にアイスミルクが置かれていた。考え込んでいるうちに持ってきたらしい。飲んでみると、砂糖が入っていた。コーヒーを頼めばよかったな、と後悔した。

あらためて、今度は父と母のことを考えてみた。

小林が言っていたことが本当なら、最後には冷え切っていたとはいえ、最初は父のほうに恋愛感情があったはずだ。では、母はどうだったのだろう。財産だけのために、結婚したのだろうか。

父の一方的な恋だったのだろうか。母は初めから父を愛してはいなかったのだろうか。

だとすれば、母はとても哀しいひとだ。金目当てに好きでもない男と結婚するなんて。そんなひとが小説を書いていたとは、信じられない。

母の本を読んでみようと思った。母がどういうひとだったか、それでわかるかもしれない。

喫茶店を出ると、近くの書店に入った。

中沢祥子の本は、文庫で何社からも出ていた。今までは本屋に入っても、避けていたコーナーだ。僕はあれこれ悩んだあげく、小林が言っていた『硝子の夢』と『消えない雪』、そして〈自伝的長編〉と銘打たれた『淋しい晩餐《ばんさん》』を買った。もっと買い込みたかったが、小遣いがたりなかった。

書店を出ると、すっかり夜になっていた。僕は重い気分で、家に戻った。

泉が、いなかった。

「お友達の所へ泊まりにいったわよ」

叔母は、ぼくたちの冷戦に気づいていないのか、屈託のない笑顔で言った。

「もうすぐ、模擬テストがあるでしょ。勉強しにいってるのよ。裕ちゃんもそろそろ頑張らないとね」

僕は愛想笑いでごまかした。まだ、叔父は僕を留学させることを叔母には話していないようだった。

自分の部屋に引っ込むと、ＣＤをかけた。何も考えずにデッキに放り込んだのが、サティだった。『三つのジムノペディ』が流れてきた。できすぎた感じだった。

泉と話をしたかった。何を、とまでは考えていない。今僕の抱えている問題は決して話せないことだったし、なにより僕たちは絶交中なのだ。

それでも泉と話したかった。結局、僕には泉以外に話す相手がいないのだった。たあいのないことでもいい。僕の話すことに答えて欲しかった。明日会ったら、絶対に謝ろう。そう決心した。

その決心は、まもなく必要なくなった。泉が、僕の部屋に来たのだ。

ノックの音が遠慮がちだったが、僕にはすぐわかった。ドアを開けると、泉のはにかんだような笑みがあった。

「今日は友達の所へ泊まるんじゃなかったの?」

「そのつもりだったんだけどね、あんまり勉強する気になれなくて、帰ってきちゃった」

「そんなんじゃ、中学浪人するぞ」

僕たちは喧嘩などしていなかったようにふるまった。ごく普通に、今まで通りに。

「大丈夫よ、高望みはしないんだから……入っても、いい?」

答える代わりに、僕はあとずさって泉を部屋へ招いた。

泉は、白いブラウスに、黒いジーンズ姿だった。叔母に似たすらりとした体に、その服装はとても合っていた。部屋の中で、泉は何か言いたそうにもじもじしていた。

僕はきっかけを探そうとして、でも見つけられずに困っていた。

しかたない、とにかく謝ってしまおう、と決めて話そうとしたとき、

「この前のこと、ごめん」

泉に先を越されてしまった。

「いや、僕の方が言いすぎたんだ」

なんとなく、くすぐったいものを感じながら、僕は言った。

泉の顔に、ほっとしたような表情がうかんだ。肩の力が、急に抜けた気がした。

僕たちはそれから、いろいろな話をした。学校のこと、友達の噂、来月観にいく予定の映画のこと。いつもと変わらない、たあいのない話題だった。事件のことや、小林のことについては、ふたりとも何も言わなかった。ようやく僕たちは仲直りできたばかりなのだ。またいやな思いをすることはない、とふたりとも暗黙のうちに認め合っていたのだった。

僕たちはベッドの縁にこしかけ、互いにふれあうぎりぎりの所に座っていた。それが、僕たちの距離だった。

僕が、学校の国語教師の口真似をして笑わせた後、泉は思いついたようにポケットから封筒を取り出した。

「あ、忘れてた。これ」

僕宛の封筒。薄い茶色の事務封筒だった。裏を返すと、「日本ハードロック愛好会」とだけあった。

「あれ、裕ちゃん、ハードロックなんて興味あったっけ」

泉が物珍しそうに覗き込んだ。

「うん、ちょっとね……」

僕は適当に誤魔化した。泉はそれ以上追及しなかったが、ふいに、

「ねえ、そう言えば、この前も手紙をここに置いてったでしょ。見た？」

「え、いつ？」

「ほら、あの……喧嘩した日」

あの、ワープロの脅迫文のことだ。

「あれも、何かの勧誘だったの？」

「……うん、ダイレクト・メールみたいなの。すぐ捨てちゃった」

僕はどうしてあの手紙のことを泉が言い出したのか、わからなかった。僕の想像では、差出人は泉自身だった。その効果をたしかめているのだろうか。

「やっぱりね、わたしのとこにもきたのよ」

「えっ」

思わず大きな声を出して、泉をびっくりさせてしまった。

「どんなこと、書いてあった？」

「どんなことって、英会話の教材の売り込みだったわ」

泉の言っているのは、本当のダイレクト・メールのことだ。

「まったく、まだ中学生のうちからこんなもの送られたんじゃ、まいっちゃうわ。高校に入ったら、すぐ予備校の広告を送りつけられるかもね」

「そう、そうだね……」

僕はわけがわからなくなっていた。泉はあまりに屈託なくあの封筒のことを話している。もしあの脅迫が泉の仕業だとしたら、彼女はものすごい演技者だ。

あの手紙と封筒の宛名は、ワープロで打ってあった。この家にあるワープロとは、字体が違うことは、もう確かめてある。しかし、ワープロ・ショップに行ってデモ用のワープロをいたずらすれば、あの程度の手紙など簡単に打てるはずだ。小林と僕が接触したのを知っているのは、泉だけ。だから、あの脅迫を送ってきたのは、泉だ。というのが、それまでの僕の推理だった。

それが、どうも僕の考え違いのような気がしてきた。

でも、泉でないとしたら一体、誰なのだろうか。本当に、僕に父と母のことを調べられたら困る者がいるということか。

もしかしたら、泉に小林のことを訊いた叔父が仕組んだのかもしれない。

「ねえ、どうしたの」

ふと気づくと、泉が心配そうに僕の顔を覗き込んでいた。

「なんでも、ないよ」

「ほんとに？　なんだか、ぼうっとしてたけど……」

「ほんとに大丈夫だって。それよりさ、今度のゴールデン・ウイークは、また長野の別荘へ行くのかな」

　僕は話題を変えた。

「そうねえ、今年は受験だから、そんなに遊んでもいられないんだけど」

と、泉は僕の方を見て、

「でも、まだ時間はあるんだし、ママに頼んでみようかしら。裕ちゃん、行く？」

「うん、行ってみようかな……」

　僕は内心もう一度父の別荘に行きたくてたまらなかったのだけど、表にはそれを出さないように努めた。泉によけいな心配をかけさせたくなかったのだ。

「じゃ、決まりだね」

　泉は、楽しそうに笑った。僕も笑った。ふたりが同じ表情をすることが、とても新鮮なことのように思えた。

「さて、そろそろ消えようかな。勉強やれなかった分を取り返さなきゃ……」

　泉はベッドから立ち上がった。僕もいっしょに立った。その瞬間、僕と泉の顔がすれすれにまで接近した。

ふいに、時間が途切れたような気がした。

僕の眼の前に、泉がいた。小さな顔が、ちょっとびっくりしたように僕を見つめていた。唇が、衝動と戦っているみたいにきゅっと閉じられた。そして瞳は、僕から離れなかった。僕も、泉から眼を離せなかった。

一瞬のためらいの後、僕たちの唇が触れ合った。どちらからでもない、まるでハチドリが花の中に嘴《くちばし》を突っ込んでいるような、そんな不器用で、ぎごちないふれあいだった。

それでも、僕の首から上は溶鉱炉に放り込まれたように、真っ赤に熱くなった。眼を開けると、泉の顔もトマト色だった。

こんなとき、男はまず何というべきなのだろう。僕は何かさりげない、でもこの特別な出来事にふさわしい一言を探した。でも口をついて出たのは、月並みな一言、

「ごめん……」

泉は小さくうなずくと、天使みたいな笑みを見せて、そして部屋を出ていった。

僕はベッドに倒れ込んだ。天井がぐるぐる回って、どこかから天国の兵士の進軍ラッパが聞こえてきた。僕は大きく深呼吸しながら、一瞬の唇の柔らかさを思い出して

いた。そして、今日という日を一生忘れまいと思った。

たしかに、それは忘れられない日となった。僕はそれまで漠然としていた泉への想いを、とっさの行動であからさまにしてしまったのだった。

するべきではなかった、と今にして思う。

僕の軽はずみな行動が、後の僕と泉を追いこんでしまったからだ。

泉が持ってきた封筒のことを思い出したのは、少し後のことだった。

ハードロック愛好会からの事務封筒は、ベッドの下に落っこちていた。僕はそれを眼の前に置いて、しげしげとながめた。小林のジョークは、どうもわかりにくい。

封を切ると、中に手紙と、一枚のカードが入っていた。手紙には例の几帳面な字で、

このカードの電話番号にTELのこと。

とだけあった。

それは、テレホンカードではなかった。最近よく見かける、伝言電話とかいうやつ

の利用カードだ。カードにセンターの電話番号と、そのカードだけのサービス番号が書いてある。センターに電話をかけて、サービス番号をプッシュすると、相手の伝言が聞ける仕組みだ。このカードと相手の持っているカードが対になっていて、ふたりだけの伝言のやりとりができるようになっている。サービス番号を知られない限り、ふたりだけの秘密電話に他人は決して介入できない。デートの時間を決めたり、忙しくて捕まえにくい人間と連絡するのによく利用されているらしい。

わざわざこういう物を使いたがる茶目っ気が、なんとなくあの男らしくて、面白かった。

僕はさっそく自分の部屋から電話をかけた。センターにつながると、女性の声でサービス番号を入れるように言ってきた。カードを見ながらプッシュすると、しばらくして小林の声が流れてきた。

——今度の日曜朝十時、この前サティを聴いた喫茶店に来てくれ。今まで調べてきたことを話し合おう。なかなか面白いことがわかってきたよ。じゃ、待ってる。

再び女性の声が伝言を入れるかどうか訊いてきた。僕が指示に従ってプッシュすると、伝言モードに切り替わった。しゃべろうとしたけど、何を話していいのか判らず、少し焦った後、「裕司です。喫茶店に行きます」とだけ言った。

こんなことに緊張したのが、自分でもおかしかった。なんだかほっとして受話器をおろそうとしたとき、かすかにカチッと音がしたように感じた。

16

その次の日曜日は、小雨が降っていた。

細かな雨が、公園の風景を薄く煙らせている。僕は少し肌寒い風に頬を強張らせながら、喫茶店に入った。

約束の十時には、まだ五分ほど間があった。僕は入口の見えやすい場所に座って、カフェ・オ・レを注文した。

店に流れている曲はサティではなく、『ハリー・ライムのテーマ』だった。アントン・カラスのチターではなく、あまりうまくないギターの演奏だ。この店も、あまり音楽については節操がないようだった。

入口が開くたびに腰を浮かしながら、僕はまるで恋人を待つように小林を待っていた。僕が調べてきたこと――金子院長や美術館の管理人の話――を小林に話すべきかどうか、まだ迷っていた。彼なら僕の情報と自分の知っていることをつなぎあわせて、今僕を悩ませている問題の解答を導いてくれるかもしれない。確信はないのだけど、小林はまだ僕に知らせていない情報を持っているに違いないと思っていた。それをひきずり出すチャンスでもある。

しかし、ミイラ取りがミイラになる心配も、考えておかなければならない。僕の調べたことを、彼が自分のためだけに利用して、結局彼の本の協力者にすぎなくなってしまうなんてことになったら、やっぱり癪《しゃく》だ。なんとか自分の持ち駒をさらさないで、小林から話を引き出せる方法はないものだろうか。

あれこれ考えているうちに、僕は自分がなくなった左手の小指を、無意識にもみくちゃにしているのに気がついた。別に痛むとかそんなことはないのだけれど、考えごとをしているときの癖みたいなものだ。なくした物を惜しんでいるみたいで、僕はこの癖が嫌いだった。

いらいらしているのは、小林のせいだけではなかった。泉の様子が昨日からおかしいのだ。

学校から帰った後、急にどこかへ出かけ、珍しく夜遅く帰ってくると、僕にも叔母にも何も言わず、部屋に入ってそのまま出てこなかった。そして、今朝も「頭が痛いから」と部屋から出てこなかった。叔母は心配していろいろ聞きただしたが、泉は部屋の鍵をかけたまま、出てこようとはしなかった。

小林との約束がなければ、家にずっといて泉の様子を見ていたかった。泉のふさぎこみの原因が僕にあるような気がしていたからだ。あの日以来、僕たちは今までと変わりなくつきあっていた。お互いの気持ちを表に出すことなく、普段どおりにふるまってきた。しかし、もう僕たちはもとへは戻れないことも、よく知っていた。泉のおかしなふるまいは、そんなジレンマのせいかもしれなかったのだ。

手持ちぶさたなので、持ってきた文庫を読み出した。『淋しい晩餐』――母の本だ。すでに『硝子の夢』は読み終わっていた。小林の言うとおり、この話の主人公の女性はすこぶるエキセントリックだった。その個性が強すぎて、僕はこの小説がどうしても好きになれなかった。読みながら、母がどうしてこんな物を書いたのか考えた。本当にこの主人公が母の姿を映しているのだろうか。だとしたら、母とはあまり親しくなれなかったような気がする。ここに描かれた女性は、とうてい子供を養うといった家庭的な仕事には向いていない性格をしていた。自分の理想を実現するため学生運動に身を投じ、幹部の男たちをときにあくどいほどの計略の末に、追い落としていく。はっきり言って、自分の近くにいてほしくない人物だった。

自伝的作品なら、その疑問に答えられるかもしれない。そう思って『淋しい晩餐』を読み始めたのだが、期待ははずれてしまった。そこに登場するのは、『硝子の夢』の女闘士とはまるで別人のような、内向的な文学少女だった。どちらがより母に近いキャラクターなのか、これではわからなかった。

読んでいるうちに退屈してきて、僕は巻末の解説を先に読み始めた。解説文を書いているのは文芸評論家の田代雛子《たしろひなこ》というひとだった。解説文にはつきものの、作者へのおべっかともいえる賞賛の言葉が並んでいた。だが、読んでいるうちに、気になる文を見つけた。

私は中沢とは大学時代からの友人だった。私の文学的出発は、彼女との出会いによるものと言っても過言ではないと思う。

この田代というひとは、母の学生時代の友人なのだ。ひょっとしたら、父のことも知っているかもしれない。これは話を聞いてみる価値があると思った。

そのとき、レジで僕の名が呼ばれた。

行ってみると、僕に電話がかかっていると言う。僕はウエイトレスから受話器を受け取った。

——もしもし、俺だ。

小林の声が小さく聞こえた。まるで、地獄の底から響いてくるような感じだった。

——悪いが、ちょっと野暮用ができてね。そっちへ行けなくなった。また後日、落ち合おう。

「ちょっと、待ってよ」

僕はじりじりしながら、言った。

「それはないじゃない。面白いことがわかったなんて言うから、気にしてきたのに」

——しかたないだろ。実はちょっと怪我をしてね、今痛くて動けないんだ。

小林の言いかたは、ずいぶんあっさりしていた。本当に怪我しているのかどうか、あやしいものだ、と思った。

「せめて、その面白いことだけでも、聞かせてほしいんだけど」

——そうか。だけど、そんなに重要なことじゃないんだ。親父さんが、事件の前日にドライアイスを買い込んだことがわかっただけだよ。

「ドライアイス？　なんで」

——さあね。

小林は、あっさり言った。

――業者には肉の保存用とか言っていたらしい。だが、そんな物必要ないことは、あの大型冷蔵庫を見ればわかるだろ。どうして親父さんが三十キロものドライアイスを必要としたのか、理解に苦しむね。

「三十キロって、どのくらいなの？」

――まあ、あの冷蔵庫いっぱいってとこかな。とにかく、個人用としては破格の量だ。

ふいに、僕は思った。受話器の向こうで小林は、僕の反応を窺っているのではないかと。口調に、なんだかこちらを探るような感じがあった。

少しの沈黙。電話線をはさんで、僕と小林は腹の探りあいをしていた。その沈黙は、小林の方から破られた。

――ところで、そちらはどうなんだ。何か、調べたのかな。

「ううん、まだ何も……」

とっさに僕は嘘をついた。今の沈黙のせいで、小林に知っていることを教えてしまうのが、危険だと感じ始めていたのだった。

小林が、また黙り込んでいる。実は僕の行動など彼は承知のうえで、僕にあんな質問をぶつけてきたような気がしてきた。

僕はたまらなくなって、自分の方から話し始めた。

「ただ、この前おたくが言ってた、祖父の遺言については、わかったよ」

——そうか。びっくりしたろう。

「まあね」

僕はさり気なく言ったつもりだった。だけど、受話器の向こうには、そう聞こえなかったらしい。小林はくぐもった笑いを洩らしていた。

——じゃあ、君が生まれた理由も、わかったんだな。たいしたもんだ。

「何が、たいしたもんだって?」

小林の言い方は、僕を苛《いら》だたせた。

——だって、それはすごいことだぜ。普通の人間は、自分がなぜ生まれてきたのか、一生かかってもわからないもんだ。それなのに君は、たった十五歳でその答えを見つけたんだぞ。

「大きなお世話だ」

——もちろん、そうさ。だけど、そのお世話で君は自分を見つけつつあるんだ。その事実は認識してくれよな。

小林は僕の気持ちなど気にもしないで、軽口をたたいていた。

──じゃあ、これはわかったかな。俺が祥子犯人説だと辻褄《つじつま》が合わないといった理由。

「それは……」

──そいつは、まだか。しかたないな。これくらいは教えてやるか。簡単なことだよ。それまで雄一郎、祥子の夫婦は、ほとんど他人との接触を避けるようにして生きてきた。ところが、あの八月六日に限っては、ふたりものひとと会う約束をしている。どう考えても、不自然だとは思わないか。

「そう言われれば、でも──」

──まあ聞けよ。たしかに祥子のアルコール依存症を治そうという特別な理由はあったかもしれない。だが、それにしても同じ日に重ねるというのも、今までの生活からはかけ離れた行動だと思うね。どうもこれには、作為の臭いがする。そしてその作為は、雄一郎が行ったものだ。

小林の声は、自信に満ちていた。僕はなんとなくしっくりいかないものを感じながら、小林の推理を聴いていた。

──ゆえに、この事件の犯人は山本雄一郎である。証明終わり。と言ったら、あんまり簡単すぎるな。しかし、重要な傍証ではあるぞ。なんたって、祥子の方には、雄一郎を殺す動機がないもんな。

「あれは、事故じゃないまでも、わざと突き落としたんじゃないでしょ。動機云々はおかしいんじゃないの？」

——違うね。これは喧嘩の末についカッとなって階段の上から突き飛ばしたなんていう、そんなつまらない事件じゃない。計画的な殺人だ。

「どうして、そんなことが言えるの。母さんに父さんを殺す動機がないなら、父さんにだって母さんを殺す動機なんてないはずだよ」

僕が言うと、小林はフン、と鼻で笑って、

——ところが、あるんだな。その動機ってやつが。

僕はとっさに尋ねた。小林の言葉が、ただのはったりには聞こえなかった。やはり、彼は僕の知らないカードを隠し持っているらしい。

「どんな」

——調べてみな、自分で。

小林はまたも、冷たく突き放した。

——君の方が調べやすいことだぜ。やっと自分のことに関心を持ってきたところだろ。もうひとふんばり、やってみろよ。

僕は受話器を叩きつけてやりたかった。僕はまるで、籠《かご》の中のリスみたいだった。

小林のしつらえた籠の中で、一生懸命ゴールのないマラソンをさせられている愚かな動物。

僕の沈黙を当惑と受け取ったらしい小林は、笑いながら言った。

——しかたないな。ヒントをやろう。動機は、君だ。

「どういう意味、それ」

——そのまんまだよ。君の存在が、動機なんだ。

「……じゃあ、やっぱりあのコレクションが絡んでいるの」

——まあね。胡蝶コレクションの相続という件がこの事件の根源にあることはたしかだ。でもね、もっと端的に、中沢祥子の殺害には、君の存在が大きなウエイトを占めている。

小林の自信ありげな言葉を聞いていると、なんだか、小林は何もかも知っているみたいに思えてくる。ひょっとして、小林自身がこの事件の犯人じゃないかと邪推したくなるほどだ。

「そんな思わせぶりしないで、ちゃんと説明してよ」

——だから、それから先は自分で調べてみろって。叔父さんにでも訊いてさ。

「叔父さんって……、叔父がこの件に係わってるの」

——係わっているかどうか、今は言えない。でも、今のところ、君の両親に起こったことを一番よく知っているのは、真二郎だけだろう。

奥歯に物がはさまったような言いかた、というやつだ。僕は叔父がこの事件について何か知っているということを、うすうす感じてはいた。あの院長の言葉からして、そう考えざるをえない。失くした過去と失った両親。どちらにも、叔父の影が落ちている。僕は、近いうちに叔父と本格的に対決しなければならないようだ。そう思うと、気が滅入ってしまう。そもそも叔父と対等に渡りあえるかどうか、とても心もとなかった。

だが、やらなければならない。

「わかったよ。あ、それから、あの母さんの部屋について訊きたいんだけど」

——何かな。

「本当に、密室だったの」

——ああ、確かにドアは内側から鍵がかかっていた。それに、向かいの窓は警察が入ったときには鍵こそかかっていなかったが、掛け金がしっかり下りていた。よくあるだろ、一方のバーを回転させて、反対側の受け金に引っかけるやつ。あれだよ。単純だが、簡単には開けられない。

まるでこちらの問いを初めから予期していたみたいに、小林は答えた。

──どうした、密室の謎に挑戦する気になったのかい？

「僕はミステリマニアじゃないよ。密室とかダイイングメッセージとか、そんな物に興味はないね。もうひとつ、教えてよ。父さんが頭に怪我をしたのがいつ頃か、知ってる？」

──どうしたんだ、そんなこと聞くなんて？

僕は自分の考えを話した。これくらいなら小林に話しても大丈夫だと思ったし、その答えによっては、彼の推理を根底から覆すことにもなるのだから。

──なるほど、祥子より先に怪我したかどうか、だな。なかなかいい所に眼をつけた。と、一度は持ちあげておいて、

──だが、残念なことに、それははっきりしていないんだ。警察だって馬鹿じゃない。そこは捜査したんだが、結局わからずじまいさ。死体と違って生きてる人間は解剖するわけにいかないから、始末が悪いや。

「そう……」

僕は正直、落胆してしまった。ひょっとしたら、小林の鼻をあかすことができたかもしれないのに。

「でも、前に僕が聞いたところじゃ、ああいう怪我は二、三時間以内に処置しないと、まず助からないって」

――それを言ったのが誰かは知らないが、そんなに厳格に決められるものじゃないぜ。怪我の程度や損傷した部位によっても、大きく違ってくるんだからな。

僕の推理の根拠は、あっさりと却下されてしまった。

――とにかく、また調べてみて何かわかったら、例の伝言に入れてくれ。こっちからも打合せの時間なんか入れておくから。じゃ、またな。あ、そうだ。あの勇ましい従妹にもよろしく言っておいてくれよ。俺は元気だって。お礼はお父さんのほうに言っておくからってな。

「何だよ、それ？」

しかし、電話は切れたあとだった。

僕は席に戻り、冷めたカフェ・オ・レを飲みながら、一方的に僕に押しつけてくるばかりのひとたち――叔父や小林、そして泉も――に心の中で悪態をついた。

いずれ、小林にはひと泡吹かせてやらないではいられない。今度会うまでには、小林の知らない事実を集めて、逆に奴の鼻をあかしてやろう、そう決心した。

今度会うまで——そう、僕はまた小林に会えると信じていたのだった。このときには。

家に帰ると、泉が待っていた。

僕の顔を見るなり、「ちょっと」と言って自分の部屋に連れ込んだ。僕はいつもと違う泉の切迫した雰囲気に呑まれて、黙ってついていくしかなかった。

泉の部屋は、僕と同じく六畳の洋間だった。ベッドから机、テーブルにいたるまで、僕の部屋と同じ物で、ただ色が女の子らしくピンク系でまとめられていた。

泉は僕をベッドに座らせると、何か言いたそうに、でもどう言い出したらいいのか判らないでいるように、じっと見つめた。

「どうしたの、何か、変だよ」

僕は努めて平気な顔をして言った。しかし心の中では、とてもじゃないが、穏やかではいられなかった。

「もう、具合はいいのか？」

「え……、ええ。もう大丈夫」

泉は、あまり大丈夫そうではない声で言った。

「あのね、裕ちゃん。話してほしいの」

「うん？　何を」

「ほんとに正直に話してほしいの」

「だから、なんだよ」

泉の必死の表情に、僕はたじろいだ。

「あのね……、今日、あの小林ってフリーライターに会ったの？」

どうして、そんなこと知ってるんだ、と聞き返そうとして、できなかった。泉の様子がそれほど真剣だったので。

「うん……」

僕は答えた。

「何とか言ってた？」

「何とかって……ちょっとした話だけだよ」

「どんな？」

「あの……父さんと母さんのこと」

「それだけ？　ほんとに」

「うん……あ、それから、泉のことも言ってた」

「えっ、なんて？」

泉の顔色が、さっと青くなるのが判った。

「いや、別にたいしたことじゃないよ。俺は元気だって伝えておいてくれって。それからお礼は叔父さんの方に言うからって」

そのときの泉の表情を、僕はいつまでも忘れられないだろう。絶望と苦痛と、哀しみと怒りと、そんなものがいっしょになっているような、見ていてやりきれなくなるような表情だった。

「いったい、どうしたんだよ。あいつが、何かしたのか?」

僕は思わず泉の肩をつかんで揺すった。泉は僕に揺すられるままで、何も答えなかった。

「おい、泉――」

泉が僕に抱きついてきた。まるで凍えているかのように、小刻みに体を震わせながら、僕の胸に顔を埋めてきた。

「あたし、あたしねえ……」

泉の声はきれぎれで、震えていた。

「あたし、裕ちゃんのこと、好きだからね」

僕はなんとも答えられず、ただ「うんうん」と言いながら、泉の体を抱きしめているばかりだった。

17

それからしばらくは、進展のない日が続いた。

小林からの連絡はなく、伝言電話を聞いてみても、新しい伝言はなかった。僕の方も目立った動きはない。

叔父はあれ以来、留学のことについては何も言わない。しかし叔父のことだ、確実に実行に移しているのだろう。僕にはそれをとめることができない。僕の気持ちは無視されたまま、僕の道が整備されてゆく。

叔父に父が母を殺す動機を持っていたのかどうか尋ねることも、なかなか切り出せないでいた。

本当のことを言えば、とても昔の事件に首を突っ込んではいられない状態にあったのだった。

僕と泉の間にはある了解ができていた。僕たちの気持ちは、ふたりだけのものにしよう。誰にも気取られないようにしよう。今まで通り、家族の一員としてすごしていこう。別に取り決めたわけでもないけれど、僕たちはそうしていた。

あの時期、泉と僕はやじろべえの両端にいた。どちらかが動けば、一瞬にしてバランスが崩れてしまいそうな、それでいて決して落っこちることのない、そんなところにいた。そして、おたがいにそれ以上接近もしなかった。つとめてさり気なく、僕たちは暮らしていた。叔母や叔父の前でも、何も変わらないかのように、小さな喧嘩や軽口のやりとりをくり返した。

僕にはとてもせつない毎日だった。もう自分の気持ちははっきりしているのに、隠しているのが辛かった。ふたりきりになるのを避けるようになったのも、僕自身に歯止めがきかなくなるのを恐れていたからだ。それは、泉も同じだったと思う。彼女も僕の部屋にくることはなくなった。同じ家に好きな相手が暮らすというのは、ある意味では残酷なものだ。

しかし、不思議な気持ちだった。小さいころからいつも一緒で、おたがいに一番よく判っている相手だと思っていたのに、僕は泉のことを何も知らないでいたような気がしていた。もっと泉のことを知りたかった。好きなもの。嫌いなもの。望むもの。恐れるもの。そんなすべてを理解したいと思った。

泉が僕にすがりついて泣き出したわけは、まだ判らずじまいだった。あれからの泉はまたひとが変わったように明るくなった。僕もあえてあの日のことは口にしなかった。それを深く追及することは、泉を傷つけるばかりで、何の益もないと思っていたからだ。でも、泉の悩みをわかってやれないのは、また苦しいことでもあった。

僕にはどうしようもない辛い日々だった。そしてまた、至福の日々でもあった。

それは、次に来る嵐の前にぽっかりあいた、実はとても穏やかな時間だったのかもしれない。


五月の連休は、予定通り長野の別荘へ行くことになった。今年は僕も泉も受験なので、叔母はやめようと思っていたらしいが、泉が強引に主張して決まったのだった。

「だって、去年もママの都合で行けなかったじゃない。せっかくの別荘が無意味だわ。ママが行けないなら、あたしたちだけで行ってくる。ねっ」

泉は僕の方をちらっと見た。援護射撃をしてほしいのだろう。僕はただうなずくだけにした。内心では父の別荘へもう一度行けるチャンスが欲しかったのだが、それをあらわにすることはできなかった。

「しようがないわね。じゃあ、お父様に聞いてみるわ」

叔母が言うと、泉は不満気に、

「パパはどうせ仕事で来られないでしょ。あたしたちだけの都合でいいじゃないの」

「そういうわけにもいきませんよ。あの別荘は会社の所有になってるんですから。わたしたちが行くとなったら、掃除もしておいてもらわないといけないし……」

たしかに別荘は名目上、胡蝶グループの所有となっているが、使用しているのは僕たちだけだった。社員用にはその近くに保養施設があり、そこの管理人が別荘の管理も兼ねている。僕たちが行く前には、管理人が部屋の掃除や草取りなどを済ませておくことになっていた。

翌日、叔母は出張先の叔父と連絡を取り、別荘行きの承認をもらった。

「ただし、勉強の用意を持っていくんですよ。そして、毎日三時間の勉強をすること。それがお父様からの条件なんですから」

叔母は得意顔で僕たちに言った。交換条件を行使できるのが、楽しいらしい。

その条件を聞いて、泉はひとこと、

「げえええっ」

と言った。

「なんです、その言いかたは。高校へ入るつもりなら、それくらいの努力をしなくちゃだめでしょ。それともここで勉強するの？」

「どっちにしても勉強から逃れられないのかあ。しかたない、パパの条件を飲みましょ。ね、裕ちゃん」

僕はまたうなずくだけで返事した。

「なんだか、乗り気じゃないみたいね」

泉がふと顔を曇らせた。その眼が、「行きたいって言ったのは裕ちゃんじゃないの」と言っていた。

「そんなことないよ。僕だって行きたいんだからね」

勉強に三時間。そしてその後も叔母や泉の眼を盗んで、父の別荘や付近を調べなければならない。うまくやれるかどうか、心配だった。

考えてもはじまらない。とにかくむこうに行きさえすれば、チャンスはあるだろう。

その日の夜、伝言電話につないでみたが、やっぱり小林からの伝言はなかった。

僕は五月の二日から別荘へ行くという伝言を吹き込んだ。


五月二日は、快晴だった。授業を終えた僕たちは、ベンツに着替えだけを乗せて、長野へ向かった。

泉は車に乗る前からはしゃいでいた。最近の淋しそうな表情が嘘のように消え、以前の屈託のない笑顔で向こうへ行ってからの予定を話していた。勉強は朝から始めて十時には終わらせてしまおう。それから散歩に出かけて、それから新しくできた店やペンションを見て回ろう。あの喫茶店、ほら一昨年行った赤い屋根の店、あそこのストロベリー・ムースはおいしかったわね。まだやってるかしら。それから、テニスコートの予約もしておかなきゃ。保養施設のテニスコートは、たぶん会社のひとが使ってるだろうから、あのとなりのテニスコート、ああ、電話番号聞いておくんだった。まだ、予約とれるかしらね。裕ちゃん、ラケット持ってきた? 新しいテニスシューズを向こうで買わないといけないわ……。

車の中でも、泉はうきうきと話し続けていた。叔母は助手席からときおり返事をするものの、ほとんど聞いていないみたいで、高速に入るといつしかうとうとし始めた。運転手はまるでこの車のパーツみたいに黙々とステアリングを握っていた。

僕は後部で泉と並んで座っていた。あの日以来、こんな近くに泉を見つめるのは初めてだった。彼女の顔は軽い興奮に少し赤らみ、瞳が朝日を受けた湖のように輝いていた。

なんだか無理をして明るく振る舞っているようにも見えたが、僕はあまり気にしないことにした。泉がもし努力して元気になろうとしているなら、僕も少しは手伝ってやりたかった。

泉のとりとめのないお喋《しゃべ》りにあいづちをうちながら、僕はなんとも言えない暖かさを感じていた。今の泉に暗い影を見ることはできない。そこにいるのは、僕が小さいころからよく知っている、わがままで、でも優しい女の子だった。

「どうしたの、眠いの」

僕がよほどぼうっとしていたのだろう、泉が怪訝そうに僕の顔を覗き込んだ。

「ううん、……いや、少し、眠いかな」

たしかに、暖かい空気と車の穏やかな振動が、僕をゆっくりと眠りに誘っているみたいだった。しかし、今僕を取りまいているのは、眠気ではなく、眠いような幸福感だった。

「じゃあ、ちょっと寝ましょうか」

僕に気を使ったのか、泉はお喋りをやめ、眼を閉じた。横顔が、とても大人びて見える。僕は脇に置かれていた泉の手に、自分の手を重ねた。彼女の指が一瞬ぴくっと震えた。でも、逃げはしなかった。僕は細くて冷たい指を包み込んで眼を閉じた。泉の頭が、僕の肩に置かれるのを感じた。

もし、僕が誰かに「幸福とは？」と問いかけられたとしたら、僕はあの日の僕と泉の情景を話すだろう。

なんでもない一日の、なんでもない一場面。それがどんなに大切なものかということは、まだわかっていなかった。

別荘に着いた時には、もう夜が迫っていた。狭いがきれいに整備された道路の脇に、水銀灯が光り始めていた。その光に照らされて、さまざまに意匠を凝らした別荘が林立していた。ついこの前小林と来たときには建設中だった別荘も完成していた。驚くほどの早さだ。

多くは会社が従業員のために建てた施設だった。薄暗くなって読みにくくなった看板に、有名な企業の名前が書かれていた。

叔父の別荘は、そんな中にぽつんと立っていた。団体向けの施設に比べれば小さいが、それでも一家族が利用するだけにしては、立派すぎる気がしないでもない。まるで南欧の海岸に建っているような白亜の家は、はっきり言って、このあたりでは浮いていた。

ベンツの運転手は僕たちと荷物を別荘に運び込むと、車を発進させた。僕たちがここにいる間、彼は社員施設に泊まることになっているのだ。

別荘の中では、施設の管理人の佐々木夫妻が待っていた。

「これはこれは、ようこそいらっしゃいました。急なご用命でしたので、きちんと整理できておりませんで、まことに申し訳ありませんが、どうぞゆっくりおくつろぎください」

奥さんの方が体を二つに折るようにして頭を下げた。旦那さんの方はちょっと頭を動かしただけで、何も言わない。その様子を奥さんははらはらしながら見ていた。

ふたりとも六十は越えているだろう。実に対照的な夫婦だった。奥さんは小柄でよく太っていた。その体型に似合わずよく動くひとで、話しながらも部屋の片付けに余念がなかった。旦那は逆に骸骨《がいこつ》みたいに痩せた長身で、ほとんど動こうとしない。何が面白くないんだか、むっつりとしている。これがこのひとの普段の態度だということは、僕も何度も来ているから判っているけれど、初めて施設を利用した社員などは、かなり不愉快な気分になるかもしれない。それでも結局この夫婦に不満が来ないのは、旦那の料理の腕と、奥さんの明るい人柄のせいだ。

「もういいのよ。そんなに気を使わなくても。わたしたち、勝手にやっていきますから」

そう言いながらも叔母は、

「で、お食事はまだかしら。わたしたちずっと車にゆられていたものだから、お腹ぺこぺこなのよ」

と、言っている。さすがに泉も呆れて、

「ママ、今までおばさんたちはここを掃除してくれていたのよ。もう少し待ちましょうよ」

「ああ、そうね、まだできてないのね」

叔母は別に気を悪くした様子もなく、しかし反省した様子もなかった。

「じゃあ、今日はどこかに食べに行きましょうか」

簡単に言う叔母に、泉はきっぱりと、

「あたし、まだ食べたくないわ」

と言った。

「お食事でしたら、もう三十分ほど待っていただければ、用意できますけど」

奥さんがおずおずと言う。こういう場合、もっと怒ってもいいと思うのだが、そこは雇われている身の辛さだろう。旦那は相変わらずむっつりしている。

「三十分ねえ……。裕ちゃん、我慢できる？」

「ええ、待てますよ」

僕は即座に言った。

「ここの料理を食べるのを楽しみにしてきたんだから」

さすがに言い過ぎたかと思ったが、奥さんは僕のお世辞にすっかり気をよくして、

「ありがとうございます。今日はうちのひともいい材料を仕入れて張り切っておりますので、どうぞ楽しみにしてやってくださいね」

そして、旦那をひきずるようにして、キッチンの方へ姿を消した。

「今日は、施設の方に客はいないのかしら」

泉が独り言のように言った。

「少なくとも深井さんはいるじゃない」

僕が答えた。深井さんとは、ベンツの運転手の名だ。

「向こうの食事の用意はいいのかしら。ねえ、あたしたちもあっちの食堂で食べましょうよ」

泉には、管理人夫妻がてんてこ舞いするのが気の毒なのだろう。しかし叔母はそんな気はないようで、

「会社の人間と一緒に食べるくらいなら、どこかへ食べに行きますよ。わたしは」

とにべもない。毎年こうして叔母のわがままのせいで、あの夫婦は悪戦苦闘しなければならなくなるのだった。

結局、僕たちは三十分待って、僕たちだけの食事を用意してもらった。奥さんが自慢するだけあって、伊勢エビやラム肉をふんだんに使ったとても豪華な料理だった。食事を終えると、管理人夫妻はそそくさと片づけをして、洗い物は後から来ますのでと言い訳して出ていった。これから施設用の食事を用意するのだろう。

叔母はシャワーを浴びてくるからと言って出ていった。僕と泉はキッチンの片づけを始めた。あの気のいい奥さんに対する、せめてもの感謝の気持ちだった。

「ママったら、どうしようもないわね」

グラスを洗いながら、泉は言った。

「いくらなんでも、あの態度は失礼よ。佐々木さんたちだっていつもの施設の仕事で忙しいんだから、もう少し協力してあげなくちゃいけないわ」

僕は泉が洗った食器を一心に磨くふりをして、あえてコメントは挟まないでいた。

「ねえ、明日は駅前に出てみましょうよ。東京からブティックがいくつか出店してきてるんだって」

さっそく情報を仕入れてきたらしい。泉の買物につきあわされると、その日一日がふいになるかもしれない。でも、泉と一緒にいたいという気持ちも、強かった。

「まず、お勉強をすませてからだね」

僕は言った。

「判ってるって。明日は英語からいきましょう。ビートルズのＣＤ持ってきたから、それをかけて歌詞を読み取りっこするってのは、どう」

「遊びじゃんか、それじゃ」

「生きた英会話のレッスンよ。そう言えば、テニスコートで外人がプレイしてたわ。あのひとたちと話してみるのもいいかもね」

ここに来る途中で、テニスコートに白人が何人かいるのを見た。そのことを言っているのだろう。ハイスクールくらいの男がふたり、たぶんこのあたりで引っかけてきたらしい女の子と一緒にプレイしていた。

「今のは冗談よ。裕ちゃんがいやなら、しっかり本気で問題集やるからね」

僕が何も言わないでいるのを、泉は嫉妬しているとでも思ったらしい。あわてて言い直した。

「別に、いやじゃないけどね。まあ、初日は叔母さんの顔を立てて、しっかり勉強してみせようよ。お楽しみは、それからでいいし」

父と母の件を調査することは、明後日からにしよう。僕はそう決めた。とにかく明日は叔母と泉のためにすごそう。

「そうね、明日くらいはママの面子《メンツ》をたててあげないとね。はい、洗い物はおしまい」

泉はそう言うと、僕の方へ最後の皿を渡した。そいつを磨いていると、泉が僕の後ろに回って、ぴったりと体を押しつけてきた。

頬が、かっと熱くなった。

「何も言わないで。このまま、こうしていさせて」

僕の背中に顔を押しつけ、泉は呟いた。

皿を持った手を硬直させたまま、僕は何も言わず、立っていた。しばらくすると、泉のすすり泣く声が聞こえた。

「泉……」

「ずっと、こうしていられると、いいのにね……」

嗚咽《おえつ》の合間に、泉はひとりごとのように言った。

思わずふり返り、泉を抱きしめようとしたそのとき、リビングから悲鳴が聞こえた。

僕と泉は、はっとして離れた。

僕たちがリビングに行くと、叔母はバスローブ姿で立ちつくしていた。

泉が駆け寄ろうとすると、叔母は窓の方を指差しながら、

「どうしたの、ママ」

「今、あそこから誰かが覗いていたのよ」

僕はドアから外に飛び出した。あたりはすっかり暗くなり、わずかな水銀灯の明かりだけでは、多くのものは見えない。しかし、家のまわりに誰もいないことくらいはわかった。

叔母が指差した窓の所に行ってみた。覗いてみると、叔母と泉が不安そうにこちらを見つめていた。その他におかしなところはないな、と思って部屋に戻ろうとしたとき、地面に足跡があるのを見つけた。日陰になって柔らかいままなので、大きな靴跡がしっかり残っている。間違いなく、男物だ。

僕が部屋に戻ると、泉は母親の前であることも忘れて、僕に抱きついてきた。

「大丈夫だよ。心配しないでも、誰もいなかったから」

僕はゆっくりと泉を引き離し、叔母と共にソファに座らせた。ふたりとも、ひどく脅えていた。

「ほんと、ほんとに誰もいないの」

泉が僕に尋ねた。真剣な表情だった。

「本当だよ。誰もいない」

「でも、わたしは絶対見たのよ」

叔母が抗議した。

「それは疑ってないよ。でも、今はもういないんだから。安心して」

僕は窓の外の足跡については言わないでおくことにした。これ以上ふたりを怖がらせることはない。

「警察に知らせなくていいかしら」

叔母は自分の腕で自分を抱きしめながら、言った。

「そんなに大騒ぎしなくてもいいでしょ。たぶんどこかの別荘にいる奴が、家を間違えてしまったんだろうから」

「でも、とっても怖い顔してたのよ」

叔母はまだ体を震わせている。シャワーあがりで冷えてしまったのかもしれない。

「どんな顔してたの」

僕が尋ねると、叔母は思い出すのも恐ろしいといった表情で答えた。

「よくわからないけど、髯もじゃだった。それとサングラスしてたわ」

一瞬、僕と泉の視線があった。

「どちらにしても、もういないんだから、いいでしょ。心配なら、今夜は鍵をしっかりかけておこうよ。まず着替えした方がいいね」

泉につきそわれて、叔母は寝室に上がった。僕はふたりの姿が消えるのを見届けてから、電話の受話器を取った。

覚えてしまったセンターの電話番号とサービス番号。プッシュすると、メッセージが聞こえてきた。

——やあ、元気かな。別荘に行くんだって。実は俺もそっちに来てるんだ。たぶん直接連絡はできないと思うが、どこかで出会うかもしれんな。こちらの調査ではいろいろ面白いことがわかってきたんだが、ここでは言えない。実はこの電話、盗聴されてるんでな。ははは、そっちでも気をつけてくれよ。じゃ、また。

18

翌日の空は、曇っていた。

朝食のときの叔母は、昨日のことをすっかり忘れてしまったかのように今日の予定を話していた。知り合いが近くの別荘に来ているので、あいさつかたがた行ってみようというのだ。

「ママだけ行ってきたら」

というのが、泉の反応だった。

「あたしたちには勉強があるし、それが終わったら買物に行くの」

「そうはいきませんよ。もうみんなでお伺いするって言ってしまったんですから」

叔母は泉の抗議を無視して言った。

「ほら、泉も裕ちゃんもテレビで知ってるでしょ。評論家の田代雛子さん。この前のボランティアの会合で初めてお会いしたんだけど、とても気があってしまってね。あの方もこちらに別荘をお持ちだと聞いたものだから、前もって連絡しておいたの。そうしたら、今朝早く向こうから電話がかかってきたのよ。一昨日からこちらにいらしてるんですって。で、今日の昼食に招待されたの。わたし、家族全員でお伺いしますって、もう言っちゃったのよ。いまさら変更はできないわ」

「そんなの、勝手よ。そうよね、裕ちゃん」

「うん……、そうだね」

言葉を選ばなければ、と思った。今は動揺を隠さなければならない。

「でも、せっかくの招待だから、行ってみようよ。買物は昼食が終わってからゆっくりすればいいんだし、さ」

「さすがは裕ちゃん。判ってるわね」

叔母の笑顔と泉のふくれっつらの間で、僕は自分の表情を必死で隠していた。

田代雛子と言えば、母の文庫に解説を書いていた、あの文芸評論家のことではないか。母と大学の同級生であり、つまり父と母の大学時代を知っているひとだ。話を訊くために一度会ってみたいと思ってはいたが、まさかあちらから招待してくるとは思わなかった。

しかし、叔母は母と田代雛子のことを知っているのだろうか。知ったうえで、僕と会わせようとしているのだろうか。最近知り合いになったと言っていたけど、本当だろうか。どうもよくわからない。

慎重に動かなければならなかった。うまくすれば、母と父のことをいろいろ聞き出せるかもしれない。

それにしても、ここへ来てからいきなり動きが激しくなったようだ。昨日の騒ぎはおそらく小林のしわざだろうが、ここへ来たのが単なる様子うかがいなのか、それとも何か目的があったのか、それを本人に会って確かめる必要がある。一応伝言電話には、すぐ会いたいとメッセージを入れておいた。もし小林が応じないなら、こっちから出かけていこう。彼のいる場所なら、見当がついている。

「じゃあ、そろそろ勉強にかかりましょうか」

諦めたらしい泉が、僕に声をかけた。

「了解」

僕たちはリビングで数学の問題集を広げた。お互いの部屋にいては、なんとなく気詰まりになりそうだったから、開けっぴろげの部屋を選んだのだった。僕は比較的得意な図形の問題を泉に教えた。

「ほら、ここここが同位角だろ。だからこの角度がわかっていれば、ここも同じじゃないか」

「あ、なあるほど。かしこいかしこい」

泉は軽口を叩きながらも、意外に真剣に取り組んでいた。やはり、受験という重荷を感じているのだろう。でも、僕はなんとなく気分が乗らなかった。叔父が僕を留学させるつもりなら、僕はこんなことしてても無駄なのだ。そう思うとこんな問題を解くのが馬鹿らしく感じられてしまう。

泉はシャープペンシルを指先で回転させながら考えている。そんな彼女を見つめながら、留学したらもう会えないんだな、と思っていた。昨日の夜、急に僕に抱きついてきたとき言ったことの意味は、まだ訊いていない。どうでもいい、そんな気がしていた。いつもわがままを言っているみたいでも、どんなときにも泉は結局僕の言うとおりにしてくれる。考えてみれば、僕の方がよほどわがままだ。

「どうしたの？」

ふとノートから顔をあげて、泉が訊いた。

「ううん、なんにも」

「勉強に、身が入ってないな」

「いや、できの悪い教え子の行く末を案じていただけだよ」

「ふん」

泉のペンが、僕の頭をコンと叩いた。

田代雛子の別荘は、駅の反対側にある、建売の別荘街にあった。

ここには、都会では家を持てないひとたちのために建てられた、格安のコテージが密集している。丘を切り開いて造られた宅地に、画一的なデザインの家が並んでいた。

胡蝶美術館の建つあの住宅地とよく似ていた。

田代雛子は、小柄な女性だった。母と同級ならもう五十近いはずなのに、三十すぎかと思うほど若々しく見える。薄いブルーのワンピースが、短くそろえた黒髪とよく合っていた。

「まあ、いらっしゃい」

叔母に呼びかけたその声は、まるで子供のように甲高く、無邪気に聞こえた。

「お言葉に甘えて、総出でまいりましたわ」

叔母は雛子に負けないほどの高い声で、答えた。

「お仕事のご都合はよろしかったんですの？」

「ええ、一応締切分だけはすませて来ましたの。もっとも、原稿は抱えてきましたけど」

言いながら、雛子は髪を指に巻き付けていた。それを見ながら僕は、この作家（評論家？）は自分の仕事を内心自慢したくてたまらないのだな、と思った。こんなタイプの人間は学校にもいる。天真爛漫を装って——あるいは本当に無邪気に——自分を見せつけたがるタイプだ。見ていて微笑ましいので、そんなに嫌いな性格ではない。

もちろん、僕に実害のない範囲において、だが。

「ご紹介しますわ。これが娘の泉で、こちらが、甥《おい》の裕司です」

僕と泉がおずおずと頭を下げると、雛子は僕の方を眼を細めながら見つめ、

「そう、あなたが、祥子さんの――」

と言った。

「まあ、あのひと――祥子さんのことを御存知ですの？」

叔母は本心から驚いたように尋ねた。

「ええ、少しね……」

雛子は言葉を濁す。どうやら、雛子は叔母とは母の件を話したことがないようだ。隣で泉が、不安そうに僕の方を見ているのが判った。僕は特に関心があるようには見えないように、あたりの景色を眺めているふりをしていた。

「こんな所で立ち話も何ですから、お部屋の方にまいりません？」

僕たちは、建売別荘の中に案内された。

平屋の別荘の中は２ＤＫで、キッチンに松の大きなテーブルが据えられていた。僕たちに紅茶を用意しながら、雛子は叔母と一緒になってやっているボランティア活動のことや、最近の自分の仕事について、ラジオのＤＪのようにしゃべり続けた。叔母は自分でわかることもわからないことも、一応熱心に受け答えしていた。こういう無意味で饒舌なおしゃべりには慣れているらしい。僕と泉はただうんざりしながら、

ふたりの言葉のキャッチボールを観戦していた。当然のことながら、母や父のことは、少しも話題にのぼらなかった。

ここであせっては何にもならない。すぐには無理でも、こうして顔見知りになっておけば、別の機会に両親のことを聞き出せるかもしれない。心の中では叫び出しそうになりながらも、僕は努めて平静に、おとなしくふるまっていた。

ときおり、雛子がちらっと僕のほうを見ていることには、気づいていた。なんだか僕を品定めしているみたいな、少し危ない眼つきだった。泉は気づいているだろうか。だとしたら、やばいな。

と、急に雛子が僕に話しかけた。

「あなたは、祥子さんの……お母さんの作品を読んだことはあるの」

僕は言葉に詰まった。山本の家では口に出しはしないものの、中沢祥子の本は禁書であった。正直に言えば、あとで面倒なことになりそうだった。

「いえ、まだ……読んだことないです」

「そう、それはいけないわ。お母さんの書いたものは、現代文学の重要な遺産よ。あなたには受け継ぐ義務があるわ。ぜひとも読まなきゃ」

「ええ、そうですとも。祥子さんの小説はそれは立派なものだわ」

叔母があわてて言った。

「でもね、まだ裕ちゃんには早すぎるんじゃないかしら。ああいうものは、もっと大人になってからじゃないと、良さも判らないし……」

叔母のあからさまな言葉に僕は、幼稚園児じゃあるまいし、と言い返したくなった。どうして大人たちは、自分の勝手な基準で子供に与えるものを選別してしまうのだろう。子供に判らないものなら、子供は初めから興味を持ったりしないはずだ。子供が欲しがるものこそ、子供に一番必要なものなのだ。

と反論はしたかったけど、僕は黙っていた。叔母が母のことをよく思っていないのは知っていたし、今よけいな問題を起こしたくはなかった。

代わりに雛子が反論してくれた。

「それは少しおかしいですわ。文学を理解するのに、年齢の制限はありません。そりゃ、読んでも理解できないほど小さい頃ならともかく、少なくとも中学三年ともなれば、どんな文学でも理解できる知性は備わっています。むしろ、感性の豊かな少年少女時代こそ、文学に親しむ絶好の時期です。今のうちに本を読んでおかなければ、大人になっても本を読めないようになってしまいますわ」

正論だ。正論すぎて、反論できないほどだ。叔母も言い返すことができず、

「ええ、そうね、そうですとも……」

　とうなずいているばかりだった。

「ちょうどいいわ。ここにも中沢祥子全集が揃っているから、いつでも読みにいらっしゃい。わたしが編集したものよ。よかったら、一冊持っていかない？」

　僕は叔母の方を見た。叔母は愛想笑いを見せているばかりだった。

「はい、では、お借りします」

　僕が言うと、雛子はくすっと笑い、本棚から分厚い本を持ってきて、僕に渡した。手渡すとき、彼女の手が僕の手を強く握った。誰にも気づかれていないつもりでいたようだが、泉は見てしまったようだ。彼女が僕の横で緊張するのがわかった。

　僕も、緊張した。こんなに大胆な女のひとに会ったのは、はじめてだった。

「あのひと、おかしいんじゃないかしら」

　僕たちの別荘に帰ってから、叔母は雛子のことをさんざんな言葉でなじった。

「初めて会ったときから変だと思っていたのよ。ボランティアだっていうのに、ミンクのコートなんか着てやってくるんですもの。わたしたちが始めようとしてた計画に、どんどん注文つけだすし。そのくせ、お年寄りの施設訪問とか何かには欠席なのよ。

自分勝手にもほどがあるわ」

叔母の非難には果てがない。そんなに相手に不満があるのなら、どうして訪問したりしたのだろう。そう思わずにはいられなかった。たぶん、マスコミに名が通っているせいだろうが、それを口に出すほど僕はデリカシーのない人間ではなかった。

「もう行かなきゃいいでしょ」

夕食の用意を手伝っている泉が、キッチンから叫んだ。

「そういうわけにもいきませんよ……」

たちまち叔母の言葉が鈍った。なんのかんのと言っても、有名人と知り合いでいたいのだ。特に文化的有名人と。叔母が自慢する友人とは、いつもそんな人々だった。

僕は自分の意地悪な観察に、われながらうんざりしていた。叔母は善人だ。虚栄心が強くて、ひとの痛みがわからないひとだけど、善人であることだけは間違いない。その叔母をこんなふうにしか見られない僕は、なんというひねくれ者だろう。

泉が佐々木夫妻と料理を運んできた。その夜は、和食だった。刺身とてんぷらを中心にした、簡単だが、上品なメニューだった。

「お嬢さんは、料理の素質がありますよ」

奥さんがにこにこしながら言った。

「そんなことないわよ」

泉が照れて否定するのを、むきになって、

「いえいえ、たいしたものです。てんぷらの揚げ方にしても吸い物のだしの取り方にしても、覚えがとても早いですからね。そのうち、きっといい奥様になれますよ」

泉は真っ赤になりながら、僕の方を見た。僕は泉がキッチンに立って夕食の支度をしている姿を想像して、ほっとするものを感じた。と同時に、あぶないな、と思った。僕たちは、従兄妹なのだ。そんな想像はしてはいけない。


夕食後、部屋に戻ると、僕は借りてきた本を開いた。

『中沢祥子全集　第一巻』は、僕が文庫で読んでいた作品ばかりが入っているので、それほど興味はなかったが、まだ読んだことがないと言ってしまった手前、一巻目から読ませようという雛子の好意を断ることはできなかった。

だが、この本のおかげで、雛子の家に行く言い訳ができたのだ。明日にでも、行ってみるつもりだった。はたして雛子は僕の疑問に答えてくれるだろうか。父と母の結びつきについて話してくれるだろうか。それはやってみなければ、判らない。雛子が僕を見る視線が妙に気にはなったが、とにかくやってみるしかないだろう。

僕がそう決心して全集を閉じたとき、階下でドアを叩く音がした。やがて聞きなれた声がしてきた。

「……少し予定が変わったんでね……いや、明日の昼には帰るよ……ああ、東京で会議があるんだ」

僕はしばらくためらった後、部屋を出てリビングに下りた。仕事先から直接やってきたのか、グレーのビジネス・スーツを着た叔父が立っていた。

叔母は急に甲斐甲斐しい妻の役割に目覚めたのか、上着を受け取ったり、コーヒーの用意を始めたり、すっかり主婦していた。

そして泉は、下りてきた僕と眼を合わせた。先程までの明るい表情がすっかり消え、瞳に沈んだ影が差していた。

脅えているように見えるのは、なぜだろう。

叔父は僕に気づくと、小さく頷いてみせただけだった。しかし、その表情の中には、なにか得体のしれないものが見えているように思えた。何か目的があって、叔父はここへやって来たのだ。直観的に、そう思った。

19

四日の朝、勉強をすませた僕と泉がテニスに出かけようとするのを、叔父が呼びとめた。

「ちょっと来てくれ。ふたりに話がある」

そら来たぞ、と思った。ただの休養のためだけに、叔父がこんな所までやって来るはずがないのだ。おそらくは僕の留学の件を話そうというつもりで来たにちがいない。僕は、そう覚悟を決めていた。

しかし、叔父の話は違っていた。

「泉をアメリカにやることにした」

叔父は結論を先に言った。

「ニューヨークのハイスクールで勉強させる。その後は本人の自由だが、そのまま向こうの大学に行った方がいいだろう。予定は今年の九月、向こうの新学期に合わせて行く。今から準備をしておきなさい」

「いやよ」

泉は言った。僕の背筋が寒くなるほど、硬い口調だった。

「あたしは、どこにも行かないわ」

「それは、許さん」

叔父の言葉も、ぞっとするほど冷たかった。

「もう決定したことだ。あちらでの家も探してある」

「勝手だわ。そんな話って、ないわよ！」

泉はテーブルを叩いた。載っていたグラスが倒れて、水がこぼれた。

「あたしは、絶対に、行かないからねっ！」

泉はそう言うと、外へ飛び出した。僕は後を追おうとしたが、叔父にとめられた。

「行くな。そのうち、戻ってくる」

「いったい、どういうつもりなんです？」

僕は叔父のやりかたに、腹を立てていた。いくら自分の娘とはいえ、あまりに強引ではないか。それに、

「それに、留学させようとしていたのは、僕の方じゃなかったんですか。ふたりとも日本から追い出すつもりなんですか」

叔父は僕の剣幕などまるで気にとめていない様子で、倒れたグラスを元に戻してい

た。そして、例の冷たい笑みを浮かべて言った。

「君の方はもういいんだ。気が変わった。君には、外国暮らしは無理だ。日本の大学でじっくり勉強することだな」

僕はあきれかえってしまった。これがあの胡蝶グループ三十社の総帥のすることだろうか。まるで支離滅裂だ。そんなに気分次第で他人の、それも自分の娘と甥の人生をもてあそんでいいとおもっているのだろうか。

「どうした。外国に行けなくなってがっかりしたのか」

「僕は……」

腹の底からわきあがってくる怒りを、僕はどうすることもできなかった。爆発しそうになるのをこらえ、僕は言った。

「叔父さん、僕はあなたを、軽蔑します」

一瞬の風が僕の頰を撃った。横っつらをはられた僕は、床に倒れこんだ。

「生意気な口をきくんじゃない！　おまえたちのことは、私が決める」

声だけは冷静に聞こえる。しかし、叔父がかなり興奮していることは、はっきりわかった。

こんなに取り乱した叔父を見たことがなかった。僕は、頰の痛みをじんじんと感じながら、叔父もまた何かに脅えていることを、直感した。

外に出てみたが、泉の行方はわからなかった。テニスコートにも来ていない。僕はゆっくり駅に向かって歩きながら、泉を捜した。

通りは大勢のひとで賑わっていた。多くはペンションに泊まっているひとたちだ。まるで雑誌から抜け出したようなファッションに身をつつみ、たいていは男女が腰に手をまわしながら、どこからカメラが回っても様になるように気を配りながら、寄り添って歩いている。しかし、その中に泉の姿は見えなかった。

まだ頰が熱かった。少し血の味もする。口の中を切っているのかもしれなかった。

さきほどまでの怒りは、次第に疑問へと姿を変えていった。なぜ叔父は僕の留学を取り止めて、泉を行かせることにしたのだろう。僕同様、泉もいまだかつて留学など口にしたことはない。僕たちは高校も大学も一緒になるものだと、何となくだが、そう信じてきたのだった。

ふいに、ある考えが浮かんだ。叔父は、僕たちを切り離したがっているのではないだろうか。僕と泉が互いに抱いている感情に気づいて、危険を感じたのではないか。だから留学などという口実で、離ればなれにしようとしているのかもしれない。

僕たちは従兄妹だ。お互いにそんな気持ちを持つことは許されないのかもしれない。だけど、僕は泉が好きだ。言い訳などしない。

息が苦しくなってきた。それほど暑い日でもないのに、汗がとまらない。自分の気持ちが恥ずかしくて、たぶん今の僕は顔を真っ赤にしているだろう。

いつの間にか、駅前まで来た。急行電車が出たばかりらしく、たった今駅に降り立った新しいカップルたちが、おなじような笑みを顔に張りつけて、目指すペンションへと向かっていた。彼らのひといきれで、ただでさえ苦しい胸が張り裂けそうになる。

「あら、あなた……」

甲高い声に振り向くと、田代雛子が道路の反対側に立っていた。黒いジーンズに、黄色いTシャツを着た彼女は、僕に手を振ると、急いで駆けてきた。

「どうしたの、今日はひとりなの？」

「ええ、その……」

とっさのことで、僕は言葉が出なかった。元来ひと見知りするたちなので、こういう具合に予期しないひとに声をかけられると、受け答えができなくなってしまうのだ。

「そう、じゃ、ちょっときて」

雛子は僕の手を取ると、強引に引っ張っていった。

「どこへ行くんです？」

やっと、それだけ言えた。

「ジャムが足りなくなったんで、買いにきたのよ。ついでだから、買物につきあって」

どうして女の子というやつは、男に買物の付添いをさせたがるのだろう。女の子、と言うのは五十近い雛子に合わない言葉かもしれない。でも、雛子は本当に女の子、としか言いようのないひとだった。無邪気でわがままだった。

雛子は観光客用の売店で、ブルーベリーのジャムとミルクケーキを買った。

「ちょっと、なにキョロキョロしてるのよ」

「い、いえ……」

泉の姿を捜しているのを、雛子にとがめられ、僕はうろたえた。

買物の後で、雛子は僕を強引に自分の別荘まで連れていこうとした。僕が断っても、許してくれない。

「まだ、あなたの祥子さん——あなたのお母さんについてもいろいろ話したいのよ」

そう言われると、断りきれなくなってしまった。今は母のことより泉の方が心配なのだけれど、ここで雛子の機嫌を損ねたら、もう僕が父や母のことを尋ねても、教えてくれないかもしれない。僕は雛子の別荘に行くことにした。

昨日と同じキッチンで、雛子は僕に買ってきたばかりのミルクケーキと紅茶を出してくれた。

「お母さんの本、読んだ？」

僕の隣の椅子に座った雛子が、訊いた。

「ええ」

「で、どうだったかしら？」

なんだか、雛子は自分の書いた作品の評価を訊いているみたいだった。すぐそばに、彼女の息遣いが感じられた。なんだか、首筋を撫でられているみたいで、いい気持ちはしなかった。

「僕……あまり小説なんて読まないんで……。でも、母が意志の強いひとだったことはわかりました」

僕が当たりさわりのないことを言うと、雛子は鼻にしわを寄せて、

「意志の強いひと、か……」

と、くり返した。

「それは認めるわね。祥子はたしかに自分の意志を貫くひとだった。それがあのひとの作品の力でもあったのだけど……」

雛子は、あまり母のことをよく思っていなかったようだ。そんな気がした。

「ねえ、中沢祥子が、本当に欲しかったものって、わかる？」

「えっ、……いえ」

「金よ」

雛子は母への感情を、もう隠そうともしていなかった。彼女の息が聞こえるほど近くにいながら、僕はこの評論家の声が遠くから聞こえているような気がした。

「小説で成功することは、たしかにあのひとの目標ではあったわ。本の印税って、売れっ子になれば馬鹿にできないほどですもの。でもね、純文学やってたんじゃ、ベストセラー作家にはなれないでしょ。かと言って、エンターテインメントを書くのは、あのひとのプライドが許さなかったの。今から考えれば笑っちゃうけど、祥子さんは娯楽用の小説を書くことは堕落だと思っていたみたい。おかしいでしょ。一方では金という現実的な欲望があって、その一方ではいまどき流行らない文学至上主義の虜《とりこ》になってるなんて。全集を通して読んでごらんなさい。まるで自分自身を説得させようとしているみたいに、あのひとは金とか物質的欲望に拒否反応を示している。でもその実、あのひとほど金に執着しているひとはいなかったわ」

どうしてだろう。どうして僕に父や母のことを話してくれるひとたちは、みんなこんなにも冷たい言いかたをするのだろう。僕は、先程までの無邪気さが嘘のように陰険な顔つきになった雛子を見つめながら、暗い気持ちになった。

「あのひと――中沢祥子というひとは、自分勝手でうぬぼれの強い、どうしようもない女だった。自分の欲しいものを得るためには平気でひとを傷つけることができたのよ。たとえそれが、友達であっても」

「それは、どういう――」

僕が意味を聞こうとする前に、雛子の手が僕の肩をつかんだ。ふいをつかれて、僕は彼女の方に倒れ込んだ。

雛子の瞳が、僕を見つめていた。何かどろどろとしたものに突き動かされているような、とてもいやらしい輝きだった。ローズ色の唇が、僕の唇に重ねられた。泉のときとはまるで違う軟体動物みたいな感触に、僕はぞっとした。僕が動かないでいるのを誤解したらしい雛子は、唇を離すと、

「怖がらなくてもいいのよ」

雛子の手が僕の手をつかみ、彼女の胸に押し当てた。そのまま僕の上におおいかぶさろうとする。

僕は思いっきり、雛子を突き飛ばした。彼女は椅子から転げ落ち、床に尻餅をついた。

鋭かった。

「……あんたも同じね」

そのままの格好で雛子が言った。僕を見る視線は、さっきとまるで違って、冷たく鋭かった。

「あのひとと、同じね。親子そろって、わたしに恥をかかせるつもりなのね」

僕は立ち上がり、腕で唇を拭った。シャツにローズが移った。

そのまま、ものも言わずに出ていこうとした僕の後ろから、雛子の罵声《ばせい》が聞こえた。

「あんた知ってるの？　自分が誰だか」

僕は一瞬立ち止まり、振り返った。

雛子は立ち上がっていた。口紅が大きくくずれて、妖怪のように見せていた。自分の投げた言葉の威力に、満足したような笑みを洩らしていた。今まで感じなかった彼女の年齢が、口もとのしわにくっきり現れていた。

「知らないでしょう。まあ、そうでしょうけど」

「どういう、意味だ？」

「あんたはね、自分で思っているような人間じゃないってことよ。あんたは、雄一郎さんの子供なんかじゃ、ないのよ」

雛子の声には憎々しいほどの落ち着きがあった。

「嘘だ。嘘に決まってる」

僕はそう言うしかなかった。

「信じたくなくても、これは本当のことよ。あのひとの子供であるわけがないもの」

「嘘ばっかり言って――」

「わたしは知ってるの」

王手、雛子はそう宣言しているように見えた。

「祥子の前は、わたしが雄一郎さんとつきあってたのよ。それを祥子が横取りしたってわけ。あの子が来るまではわたしたち、うまくやってたのに。わたしは意地悪したくなって、雄一郎さんに妊娠したって嘘ついたの」

――俺はその同じ手で雄一郎と寝た女の子を知ってるからね――小林の言葉がふいに頭をよぎった。

「雄一郎さんは、絶対に俺の子じゃないって言い張ったわ、それはもう自信たっぷりに。ぜんぜん取り合ってくれないの。かえってわたしの方にも男がいることが証明されたんだから、もうきっぱり別れようって、逆に迫られちゃったくらい。わたしも頭にきて、怒鳴り散らしたわ。あのひともかっかして、しまいに大喧嘩になったの。『どうしてあんたの子じゃないって言えるのよ』って詰め寄ったら、あのひとも怒り狂って言ったわ。『俺の子であるわけがないだろう。俺は子供を作れないんだから』ってね」

僕は硬直したまま、動けなかった。雛子の言おうとしていることが、はっきりわかったからだ。

「ひとりだちしてからすぐに、あのひと、なんかの病気したんだって。そのとき医者に言われたそうよ。もう子孫を残すことはできませんってね」

「そんな……」

「勢いで言っちゃってから、彼ったら真っ青になってね、頼むからこのことは他の誰にも言わないでくれって、土下座して頼んだの。あの高慢ちきな雄一郎がよ。わたし、これは本当のことだと思ったわ。だから、あんたは雄一郎さんの子供であるはずがないのよ。祥子が、どこかで仕込んできたわけ。わかった?」

「嘘だっ!」

僕は玄関を開けて、外に飛び出した。

息が詰まりそうだった。いろいろな渦が僕を取り巻いて、呼吸できなくしているみたいだった。

そして雛子の笑い声を聞こえなくするため、ドアを思いっきり閉めた。

20

駅前の人波の中を、思いっきり走った。

ぶつかったひとの罵声も、気にならなかった。とにかく、あの別荘から遠くへ行きたかった。

ようやく立ち止まったとき、肺はもう喉元までせりあがってきていた。吐く息は熱く、耳の奥から血の流れる音が聞こえていた。

僕は松の幹にすがりつき、座り込んだ。気がつくと、僕たちのいる別荘のすぐそばまで来ていた。

このまま、別荘に戻る気はしなかった。今の僕の姿を、誰にも見せたくなかったからだ。少し息がおさまるのを待って、それからどこかへ行ってみようと思った。どこでもいい、ひとりになれる所へ。

雛子の言葉が、僕の胸に突き刺さったままになっていた。

僕は、父の子ではない。

どうしても信じられない言葉だった。雛子が嘘をついているに違いない。父にも僕にも拒否されて逆上のあまり、僕をわざと傷つけようとしてあんな嘘をついたんだ。そう自分に言い聞かせてみても、彼女の言葉は圧倒的な力で僕をねじ伏せた。

僕はゆっくり立ち上がった。そして、父の別荘に向かって歩き始めた。あそこには、小林がいるはずだ。彼ならあるいは真相を知っているかもしれない。情けないけど、今の僕にはあのフリーライターだけが頼りだ。

舗装された道路を抜けて、藪《やぶ》の中に通ずる細い道に入る。この前、小林と歩いた道だ。あのときは小林が道案内をしてくれたので、気にもとめていなかったが、かなり複雑な道だった。何本もの枝道があり、どこが目指す道だったか、すぐには判らなかった。ぬかるみに滑りそうになったり、何度も違う道を行ったり来たりしながら、一時間かかってやっとそれらしい道に行き合った。

あの別荘は、この前来たときのまま、くすんだ色で建っていた。

ドアをノックしてみたが、返事はなかった。そっと押してみると、鍵はかかっていなかった。

中は、この前来たときのままだった。少し違うのは、あきらかにそこでひとが生活しているという雰囲気があることだった。

床は埃が掃除され、缶詰やカップラーメンの容器が散らばっていた。例の携帯ストーブが火の消えたまま、放置されている。そしてあのザックが、壁に立て掛けてあった。

小林の姿は、なかった。

父の部屋、母の部屋、そして僕の部屋。どこにもいない。思い切って地下室も覗いてみたが、やっぱりいなかった。

どうやらどこかへ出かけているようだ。ザックをそのままにしているところを見ると、すぐ帰ってくるつもりなのだろう。そう思って僕は、待つことにした。

ソファにかけられたシーツは取り去られていた。たぶん小林が使っていたのだろう。僕もその上に座ってみた。なかなか座り心地のいいソファだ。子供の頃、僕は何度かこのソファに座ったのかもしれない。

子供の頃――また、雛子の言葉が蘇ってきた。

僕が父の子ではなく、母と誰かとの間にできた子供だということ。信じてはいないのだけれど、自分でも驚いたことに、それを僕は否定しきれないでいた。腹立ちのためとはいえ、あんなでっち上げを言うとは思えない。嘘をつくなら、もっとそれらしいことを言うはずだ。あるいは嘘をついたのは、父の方かもしれなかった。雛子との関係を絶つための方便として言ったのだ。その方が考えやすかった。

小林はそのことについての情報を持っているだろうか。もし持っているとしたら、今まで黙っているはずがないとは思うが……。

と、そのとき、思いついたことがあった。

あの日、小林が初めて僕の前に現れたとき、彼が僕に言った言葉――。

――山本裕司君。君はいったい誰なんだ?

あ、と思った。あれは、このことを意味していたのではなかったのか。僕が本当は誰の子か、それを小林は尋ねていたのではなかったか。

なんとしてでも、彼に問いただしてみなければならなかった。小林がそのことを知っていてなお、僕を引っ張り回していたとしたら、僕はまるで馬鹿な道化ではないか。いや、猿まわしの猿も同然だ。僕が必死になってかき集めてきた事実を、彼はもうずっと前から知っていたということなのだから。いいように彼に操られていたことになる。

僕は待った。今ここに小林が現れたら、何と言ってやろうかと考えながら。ひょっとしたら、いきなり殴ってしまうかもしれなかった。そのときはそのとき。殴られたあいつが何がなんだかわからないうちに、ぎゅうぎゅうに締めあげて泥を吐かせてやる。中学生だと思って甘くみるとどうなるか、思い知らせてやる……。

そんな物騒なことを考えているうちに、一時間、二時間と時はすぎていった。

さすがに、僕も待ちくたびれてきた。ひょっとしたら、遠くへ買いだしに行ったのかもしれない。僕は立ち上がると、再び二階へ上がった。この機会にもう一度部屋の中を見ておこうと思ったのだ。

母の部屋に、午後の陽射しが入っていた。白い室内に、埃臭い空気がよどんでいて、むっとするほど暑かった。

エアコンを入れようとして、電気が来ていないことを思い出した。この前と同じ勘違いだ。どうも電気というのは当然のように通じていると思い込んでしまう。僕はどうしてもアウトドア派にはなれないようだ。

そのとき、エアコンのスイッチが「強暖」になっているのに気づいた。おかしい、と思った。母が死んだのは、八月のことだ。当然エアコンは「冷」になっていなければならない。誰かが間違えて暖房にしてしまったのだろうか。それは考えにくかった。あの事件以来、この部屋は使われていないのだ。それに小林も言っていたではないか。

――部屋の様子は、死体が発見されたときそのままのはずだ。椅子ひとつだって動かされていない。

よく見ると、タイマーが「切」の位置で止まっていた。

僕の頭の中で、さまざまな言葉がぐるぐる回っていた。エアコン、斜めにずれたベッド、吊り下がった死体、巨大な冷蔵庫、ドライアイス……。

窓に駆け寄った。事件当時は鍵がかかっていたという窓だ。開いてみると、すぐ側に大きな樫《かし》の木が立っていた。窓枠につかまって手を伸ばすと、なんとか届いた。思いきって、飛び移った。足を手頃な枝に乗せ体を幹にあずけると、今度は開いた窓に手を伸ばして、どんと窓を閉めた。

問題は、鍵をどうかけたか、だ。だが、それはあっけなく解決した。もう一度窓を開けようとしたが、どうしても開かなかったのだ。どうやら、鍵がかかってしまったらしい。僕は狐につままれた気分だった。まさか、自動ロックができるわけでもないだろう。普通の錆びついた掛け金式の鍵だった。

僕は慎重に木を降りた。まるであつらえたように、適当な所に枝があって、降りるのはそれほど難しくなかった。

地面に足をつけると、急いで母の部屋に戻った。たしかに掛け金が下りている。僕はひょっとしたら小林が戻ってきていて、いたずらしたのではないか、と思った。しかし、別荘中を捜してみても、小林が帰ってきた様子はなかった。

もう一度窓を開けた。掛け金を外しても、途中で止まってしまうことに気づいた。錆びついているため、バーが回りきれないのだ。そのまま、窓を閉める。と、中途で止まっていたバーが、ず、と下がった。もう一度、今度はもっと強く窓を閉めた。すると、バーはすとん、と反対側の窓に付いた受け金にはまってしまった。さっき外から窓を閉めたときも、強く押したのでこうしてバーが下りてしまったのだ。

簡単なことだった。だが、何も密室を作るのが目的ではなかったのだから、しかたないだろう。ただ自殺らしく見せるための補強でしかなかったのだから。

僕は母のベッドに座り込んだ。

僕にはわかってしまった。母がどうやって殺されたか。

たしかに、これは父の仕業だ。間違いなく、父が母を殺したのだ。


大量のドライアイス。それがこのトリックの鍵だ。

まず父は、母に酒に睡眠薬を混ぜて飲ませる。薬が効いて母が眠った後、父は地下室の冷蔵庫に保管していたドライアイスの山を、この部屋まで運び込んだのだ。

ドライアイスを積み上げ、その上にベッドを乗せる。そしてベッドに母を寝かせ、首にロープを巻きつけ、そのロープをいっぱいに張って、端を梁に結びつける。

後はエアコンのスイッチを「強暖」にしておき、自動的に切れるようにタイマーセットする。それからさっきの方法で窓から逃げ出す。

やがて夏の熱気と暖房で、ドライアイスは溶け出し、それにつれてベッドは下がる。いっぱいに張られたロープが母の首を締める。ドライアイスが完全に蒸発してしまえば、そこにあるのは首吊り死体だけ。タイマーが切れてエアコンは停止し、ベッドは少し位置がずれたものの、ちゃんと床に下りている。

こうして、母の、中沢祥子の殺害は完了したのだ。

父の計画通りなら、ロープが母の首を締めあげていた頃、父は金子と会っているはずだ。これは、立派なアリバイだ。そうしておいて父は叔父と一緒にこの家に戻り、母の自殺死体を発見する予定だったに違いない。

父の計画はわかった。だが、物事はその計画通りにはいかなかった。父はどこにも行けずに、この別荘で倒れていた。

何があったのだろう。父はどうしてあんな所で倒れていたのだろうか。

やはり父が自分で足を滑らせて転んだのだろうか。いいや、そんなわけはない。

僕は別荘を出た。街の方へ行って、小林を捜してみるつもりだった。

もう、空は翳《かげ》り始めていた。雑木林の上で、鳶《とび》がゆっくりと滑空していた。山の斜面に濃い影ができて、世界が徐々に色を失いつつあった。少し長居をしすぎたようだった。

　僕はもと来た道を急いだ。このまま陽が暮れてしまえば、山の中に取り残されてしまいそうだった。足は自然に速くなった。でも急な斜面を急ぐのはそう簡単なものではなかった。何度か転びながら、僕は山を下りた。

　おかしい、と思い始めたのは、何度目かの尻餅の後だった。どうも違う道を歩いているような気がする。あたりの景色は、さっき来たときに見たようでもあり、また初めて見るようでもあった。落ち着け、落ち着け、と何度も心の中で唱えた。しかし、いままで来たこともない登り道を前にしたとき、僕は自分が道に迷ったことを、いやでも認めないわけにはいかなかった。

　膝から下に力が入らなくなった。頭の中に、何日も山の中をさまよい続ける自分の姿が映った。手足はすりむけ、服はボロボロ。顔は泥だらけだった。渇きと飢えで気が狂いそうになりながら、必死で抜け道を探す姿。僕は思いっきり頭をふって、その妄想を払いのけた。縁起でもない。

　膝は疲れでがくがくしていたが、方向を見定めると一気に降り出した。

　少しずつ、けもの道が広くなっていくようだった。僕は藪に手足を引っ掻かれながら、歩いた。足首が、火をつけたように熱く感じられた。遠くで鳥のはばたきが聞こえる。汗で眼鏡が曇っていたが、拭いている余裕はなかった。僕自身の息遣いが、蒸気機関車のように耳を打った。

そして唐突に、舗装道路に出た。

黄昏どきの一歩手前、低くなった太陽の光が、大きな木を回り込んだとたんに僕の眼を射た。一瞬、掌で顔をおおい、ゆっくり顔をあげた。すると今までの悪い魔法が解けたかのように、僕の前に整地された道が延びていた。

溜息とともに、どっと汗が吹き出してきた。どうやら、行き倒れにはならないですんだみたいだ。

しかし、さっき藪に入った場所とは違うようだった。道の向こう側は斜面になっていて、水の流れる音がしていた。ここがどこか見定めるために、僕は斜面を覗き込んだ。せいぜい三メートルほどの、歩いて降りられる斜面でしかなかった。背の高い草や松の木の間から、川の流れが見える。僕が入ったのとちょうど反対側の渓流だった。ときどき釣り客の来る場所だ。自分の位置が判ったので安心した僕は深呼吸をしながらゆっくりとあたりを見回した。

そのとき、斜面の草むらに何か黒っぽい塊が落ちているのに気づいた。僕はその正体を確かめようと眼をこらし、そして、息を飲んだ。

斜面を転がりそうになりながら、滑り降りた。慌てたせいか勢いが強すぎて、その物の近くに来てもブレーキが利かず、足がそれに触れた。そのはずみで死体が少し傾き、生気を失った眼が、僕を見つめた。

鬚面に、泥がついていた。確かめてみなくてもわかる。小林は、もう死んでいた。喉の奥からこみあげてくるものを、僕は奥歯で押し返した。視界がすうっと遠くなり、ぼやけ始めた。眼の前の死体が、みるみるゆがんできた。小林の体が不自然にねじれ、僕の前でもうひとつの光景と重なった。暗い電灯。細い階段。階段を滑り落ちる塊。一段一段、ゆっくりと。頭を打ちつけながら落ちていく。驚いたように見開かれた眼。泣き声。誰かの泣き声——。

鋭い痛みに、はっとして我に返った。いつの間にか斜面に倒れていた僕の手に、草の葉が切りつけていた。掌に、細くて長い傷が赤く線を引いていた。

僕は座り込んだまま、小林の死体を見つめた。

フリーライターの死体は傾いていく陽射しの中で、気まぐれに造られたオブジェのように転がっていた。この前会ったときと同じ擦《す》り切れたブルージーンズの上下に、古びた登山靴。Tシャツのロゴは「PEACE」だった。油っ気のない長髪に隠れた額に、血の筋が二本見える。頭を打っているらしい。

まず頭に浮かんだのは、小林の持っていたメモのことだった。父と母の事件に関する資料が、あの中に詰まっているはずだ。僕は吐き気をこらえながら、指紋を残さないようにハンカチで手を覆って、小林の胸ポケットを探った。しかし、煙草以外の何も入ってはいなかった。

他のポケットも探る。蛇革の財布、コンビニのレシート、免許証。

免許証を開いてみると、小林の髯のない顔写真があった。まるで別人だった。あのひとを食ったようなふてぶてしさとはまるで逆の、はにかんだような笑顔。僕は笑って写っている免許証写真なんて、初めて見た。しかし、僕が驚いたのは小林の素顔だけではなかった。写真の上に記載された、彼の本籍だ。

長野県※※村――小林は、ここの、この別荘地の出身だったのだ。

これが、何を意味するのか、まだわからない。が、僕はその本籍と彼の現住所をしっかり記憶した。

メモはなかった。その代わり、僕が小林に預けた別荘の鍵が出てきた。僕はそれを自分のポケットに入れた。

ひととおり調べ終わったころには、僕の気持ちもずいぶん落ち着いてきていた。立ち上がると少し足がふらついたが、なんとか歩けそうだった。僕はあたりにひとがいないことを確かめると、その場を離れた。

　警察に知らせるべきかどうか、迷っていた。眼につきやすい場所だ。僕が言わないでいても、いずれは誰かに見つけられ、警察に通報するに違いない。それまで放っておく方がいいかもしれない。ここで警察に通報したりすれば、いろいろ尋問されて不愉快な思いをするだろうし、なにより僕と小林の関係を知られたら、僕もただの発見者ではいられなくなる。ひょっとしてこれが殺人だったら——僕はほとんどそう信じていたが——僕が犯人あつかいされるかもしれないのだ。恐怖心が僕を追い立てた。早く逃げろ。そして知らん顔をするんだ、と。

　だが、一方の心が、それをとめていた。

　小林は僕にまつわる事件を一番よく知っている男だった。彼は僕にまだ教えていない何かの根拠によって父の犯行を知り、そして父が倒れた理由も知っていたと思われる。なぜそれを僕に教えてくれなかったのかはわからない。彼が何を企み、何をしようとしていたのか、それを知りたかった。

　小林の死体が発見されれば、事件は警察の手に渡る。僕には決して関与できないところへ行ってしまうのだ。僕が捜査に留まる方法はただひとつ、警察に僕を関与させるように仕向けることだ。

自分でも無謀だと思った。しかし、このまま僕自身を捜す仕事を中断させたくはなかった。僕は、決心した。

急いで藪の中に戻った。今度は迷わないで行けたから、早かった。二十分ほどで父の別荘に戻れた。小林の死体から取ってきた鍵と彼の荷物を急いでまとめると、二階の母の部屋に行き、ベッドの下に隠した。

別荘の中にひとのいた痕跡が残っていないことを確かめると、僕はもう一度けもの道を降りた。足は痺《しび》れて感覚を失っていた。頭もがんがんと痛んだ。舗装道路に戻ったときには、ほとんど眼をあけていられないほど、疲れきっていた。

僕は死体の転がっている場所から三十メートルほど離れた所にあるドライブインに入り、警察に電話をかけた。

21

ドライブインで待っていると、客や店の者たちの視線がうるさくて——電話の内容が筒抜けだったらしい——死体の前まで戻っていた。二十分ほどして、赤いランプが点滅しながら近づいてきた。

　警察の車は三台だった。一番前を走っていたパトカーから刑事らしい私服の男たちが飛び出してきて、僕を取り囲んだ。

「君かね、通報したのは？」

　背の高いひとりが僕に尋ねた。あたりはすっかり暗くなっていて、どんな顔かよく見えないが、年寄り臭《くさ》い話し声だった。僕がうなずいて死体の場所を示すと、男はまわりの連中に顎で指図した。十人ちかい人間が一斉に斜面に取りついた。どうやら僕に声をかけた男がこの場の責任者らしい。

　僕は係員がサーチライトを設置したり、カメラのフラッシュを焚《た》くのをぼんやり眺めていた。

　疲れていた。今にも眼を閉じてしまいそうなほど、眠かった。できれば、何も考えずに眠りたかった。

　痺れたようになっている僕の網膜に、目の前の光景はまるでピントのずれた映画のように映った。強いサーチライトの光はそれ自身が真理を照らし出そうとしているかのように、この世に少しの翳りも許さないかのように輝いていた。その裁きの光の下で、生きている人々の動きは何か儀式めいて、現実感に乏しかった。強すぎる明かりに色を失い、地面に倒れた神像の回りを巡って、あやしげな祈禱《きとう》をしている男たち。たくさんの虫が、人間の間を縫うように、光を慕って集まっている。捜査員の話し声と足音に混じって、虫がライトに衝突する音が断続的に聞こえる。僕にはその音も、なんだか別の世界から響いてくるような気がしていた。

「おい、君――」

ふいに呼びかけられてふり返ると、さっきの責任者が心配そうな表情で僕を見ていた。

「どうした？　気分でも悪いのかね」

どうやら、先程から僕に声をかけ続けていたらしい。

「いえ、大丈夫です……」

「そうか。まあ、あんなもの見るのは大人でも辛いことだからね」

光のおかげで、僕はやっと声の主の顔を見ることができた。思った通り、六十歳を過ぎていそうな年寄りだ。背は百七十以上はありそうだが、ほっそりとしているためにあまり威圧感はない。むしろ簡単に折れてしまいそうなひ弱さを感じた。着ているグレーのスーツは仕立て物らしかったが、もう何年も使っているのか、ずいぶんくたびれていた。ネクタイはしておらず、白いカッターシャツの襟《えり》が上着からはみ出ている。

彼の顔も、そのスーツ同様くたびれているように見えた。短く刈った髪はほとんど白くなっていて、薄い眉が八の字にたれていた。細い眼は、警察関係者とは思えないような柔和な表情を見せている。どこといって変哲のない、普通のおじいさん、だった。

彼は長野県警の深見警部だと名乗った。

「実は、※※村の方へ防犯訓練の件で来ててね、君の通報にぶつかったわけだ。でなけりゃ、こんなに早く来れなかったろうな。いくら別荘がたくさんできて賑わってきたとは言え、なにせ田舎だ。君も別荘に遊びに来ているのかね?」

「はい……」

僕は名前と叔父の別荘にいることを話した。

「ほほう、では胡蝶ホテルの……。君は山本真二郎氏の甥にあたるわけか」

「ええ、まあ……」

「なるほど……いや、まてよ……」

深見警部は何かを思い出そうとするように、眉をしかめた。

「すると、君は……、あの山本雄一郎氏の息子さんか」

警部の顔に、驚きの表情が浮かんだ。

「はい、そうですが……、あの、ひょっとしたら、父と母の事件のとき……」

「そうだよ。僕もあの事件を担当していたんだ」

懐かしそうに、警部は細い眼を一層細めた。

「時の経つのは早いもんだ。もう……十五歳になるのかな」

小林の死体を検分していた係員たちも、何が起こったのか不審そうに僕と深見警部を見ていた。警部はふと我に返って、

「いや、その話はまた別の機会にしよう。まず、君がこの死体を発見したときのことを順に話してくれんかね」

「僕、ひとりで山の中を探索しているうちに道に迷ってしまったんです――」

僕は警察を待ちながら考えたとおりに、話した。山道をうろうろしているうちにここへ出て、偶然この死体を発見した、と。小林の素性や、僕と彼との関係などは、話さなかった。

たぶん、警察の捜査が進めば、僕の言わなかったことも明るみに出るだろう。そのときは、正直に言えばいい。今は時間をかせぎたかった。まだ警察より先に調べたい物があったからだ。

しゃべりながら、僕は深見警部の表情を探ってみた。でも、彼が僕の言うことを信

用していかどうか、うかがうことはできなかった。

「なるほど、じゃあ君はまったくの偶然から死体を発見したんだね」

「……はい」

警部は少し考え込むように僕の眼を見つめていた。だが、これは嘘ではない。僕が小林の死体を見つけたのは、本当に偶然なのだから。

深見がさらに何か訊こうと口を開きかけたとき、死体を検分していた若い刑事がやや緊張した面もちで、やってきた。

「どうした?」

深見の問いに、刑事は興奮した声で、

「被害者の身元がわかりました。免許証を持っていたんです」

「ふうん、で?」

「それが……地元の人間らしいんです。本籍がここになっていました」

「そうか……しかし、この辺では見かけない顔だが……」

警部が訝《いぶか》しげな顔で呟いた。この辺りの人間なら全部顔見知りであるかのような、言い方だった。

「これが、その免許証です」

刑事が示したのは、僕がついさきほど見つけて小林のポケットに戻した物だ。深見警部はそれを受け取ると、開いてみた。とたんに、表情が硬くなる。

「なんだって!?」

突然、彼は死体の方へ駆け寄った。外見とはそぐわないほど素早い身のこなしだった。つられるようにして、僕も一緒に駆け出した。

サーチライトに照らし出されて、小林の死体は妙によそよそしく見えた。顔の半分を覆っている濃い髯も、強い光のせいで白髪みたいに色をなくしている。深見警部はその死体の前にかがみこむと、ぐっと覗き込んだ。

「伸吾……、おまえ……」

警部の口から、苦しげな声が洩れた。

「知っているのですか?」

先程の若い刑事が、びっくりしたような声で尋ねた。

「ああ……」

立ち上がった警部は、光に眼がくらんだのか一瞬ふらついたように体を揺らした。

「よく知ってる。おまえたちの、先輩だ」

「なんですって?」

「昔、県警の刑事だった男だよ」

今度は、僕の方が眩暈にたちすくんだ。

小林が、元刑事――。

「本当ですか？」

「本当だとも」

「辞めたんですか？」

「そう、九年ほど前にな」

「理由は？」

答えようとした一瞬、深見警部は僕の方をちらと見た。そして、

「知らん」

と、答えた。

「突然辞表を出して、あっという間に姿を消してしまったんだ。どこへ行ったのか、誰も知らなかった。家族もいないしな」

「しかし、もともとはこの村の出身だったのでしょう。なら親戚とか友人とかはいるんじゃないですか」

「両親は、とうに死んでいるし、縁者もいないよ」

深見の声には、寂しげな響きがあった。

「ところで、死因はわかったか？」

「ええ、後頭部を尖った石のような物で殴られた跡がありました。恐らくそれが致命傷だろうと鑑識が言ってました」

「そうか、やはり、殺しか……」

深見が独り言のように言った。なんだか、急に歳をとってしまったみたいに、体が縮まって見えた。

「凶器は、なかったか？」

「今、周辺を捜索していますが、まだ――」

若い刑事が答えたとき、制服姿の警官が、何かを持って走ってきた。

「警部、これで殴られたんだと思います」

差し出されたのは、鋭利な角を持つ大人の拳ふたつ分くらいの石だった。その尖った先端に、赤黒いものがべったりと付いていた。僕は思わず、眼をそむけた。

「死体よりずっと下の、川原に近い所に落ちていました。恐らく、川に投げ捨てるつもりで届かなかったんではないでしょうか」

どうやら、警察は小林の死が他殺だと考えているようだった。僕はなんだか身震いがしてしかたなかった。

「具合でも悪いのかね」

警部が尋ねた。こんな緊張した捜査の中であるのに、僕のことを本気で心配しているようだった。

「いえ、……少し、疲れているだけです」

「そりゃ、いかんな。君に訊きたいことはまだまだあるが、明日にしよう。明日もまだここにいるんだよね」

「はい」

「よし、では別荘まで送らせよう」

凶器の石を持ってきた警官が、僕をパトカーで送ってくれることになった。警察の車に乗るなんて、なんだか抵抗があって僕は遠慮したのだが、結局押し切られたかたちで、白黒に塗り分けられたスカイラインの助手席に収まった。

車の中でいろいろ尋ねられるのは億劫だな、と思っていたが、幸いこの警官は無口だった。まるで免許を取ったばかりみたいに、しっかりとハンドルを摑み、脇目もふらずに運転していた。僕はシートに沈み込んで眼を閉じた。

疲れている。だが、さっきまであんなにひどかった眠気が、波が退くように消えていた。よくあることだ、いざ眠ろうとすると、眼が冴えてしまう。

疲労の中で妙に澄んだ意識が、僕に囁きかける。

——考えろ　考えろ　考えろ——。

判ったよ。眼を閉じたまま、僕はその声に答える。いつだって、考えてるじゃないか。

まず考えなければならないのは、小林は本当に殺されたのか、ということだった。

彼は後頭部を、尖った石で一撃されていた。それは確かに他殺らしくみえる。でも、事故ということは本当に考えられないのだろうか。たとえば酒に酔ったかなにかして、あの道で足を踏み外し、そのまま転落。ところが運悪く、頭の落下地点には、矢尻のような石が待っていた——とか。まったくあり得ないことでは、ないだろう。

しかし、と僕は心の中で反論する。小林の頭蓋骨を陥没させた石は、川原近くで発見された。小林自身が死ぬ間際に捨てないかぎり、そんな場所に石がある理由はひとつしか考えられない。誰かが、それを投げたのだ。

よし、小林は殺された。それは認めよう。

次に来る疑問は、誰が小林を殺したのか、ということだ。

僕は小林のことをほとんど何も知らなかった。どこに住んでいて、普段は何をしているのか。家族はいるのか。どんな仕事をしているのか。何も知らない。彼自身はフリーライターと名乗っていたけど、実際はどうだったのか、彼の仕事を見たことがないので信じていいものかどうかわからない。だから、小林を殺したのが誰か、どういう理由で殺したのか、僕には見当もつかないのだ。

ひょっとしたら、何かとんでもない事件に首を突っ込んでいて、誰かから恨みをかったとか邪魔になったとか、そんなことがあったのかもしれない。

僕は眼をあけて、窓の外を見た。森林の木々は黒く平べったい影となって、道路の上にのしかかっていた。ときどき民家の明かりがちらちらする他は、何の光も見えないまったくの闇。聞こえるのには、警察無線の聞きにくい応答と、エンジン音だけだった。

僕はわざともうひとつの可能性について考えないようにしていた。しかし、心とは逆に想いはそのひとつの可能性のまわりをぐるぐるとさまよっていた。

それは、「とんでもない事件」とは僕にまつわることなのではないか、ということだった。

小林は僕の事件にかかりきりだったように思われる。現に今までずっと父の別荘に泊まり込んで、何か調査していたようだ。それ以外のことをやっている余裕はなかったはずだ。

小林が殺されるほど深く係わっていた事件。それは、僕の事件だけなのではないか。

だとすれば、僕が別荘で到達した推理を修正しなければならない。父が母を殺しただけならば、それはふたりの間だけのことだ。他の人物のはいりこむ余地はない。だが、小林があの事件を追っていたために殺されたとしたら、事件を探ってほしくない第三者が存在することになる。その誰かが、小林の口を封じたと考えるほかはない。

僕は部屋に届けられた脅迫状のことを思い出した。初めはてっきり泉が作ったものだと思っていたが、こうなると本物だったのかもしれない。

過去を探るな。

知れば、おまえは必ず不幸になる。

すべては、眠らせたままにしておけ。

たしか、こんな文だった。過去を探られたくない誰か。そいつが小林を殺したとしたら……。

運転している警官は、一度も僕に声をかけない。僕はその無愛想な警官の横顔を見ながら、今の思いつきを警察に話すべきかどうか迷っていた。本当なら、すぐにでも話さなくてはならないだろう。だが、僕はすでに嘘をついていた。いや、嘘ではないが、話さなくてはならないことをわざと隠していた。小林と僕に面識があること。そして十年前の事件を蒸《む》し返そうとしていたことを。

今になって話せば、きっと疑いをかけられてしまうだろう。それはいやだった。それに、まだひとりで調べたいことも残っているのだ。

「俺に、何か言いたいのか？」

ふいに声をかけられて、僕は飛び上がりそうになった。知らず知らずのうちに、警官の顔をじっとみつめていたらしい。警官は前方から眼を離さないまま、僕に言った。

「疲れているかもしれんが、あまりひとの顔をじろじろ見るなよな。俺は運転で忙しい。なにせ、免許を取ったばかりでな、まだ車に慣れていないんだ」

さっきの僕の想像は当たっていたことになる。しかし、深見警部はどうしてこんな若葉マークに送らせたんだろう。

「俺はあまり死体というのが好きじゃない」

僕の疑問を見透かしたかのように、警官は言った。

「もう少しあそこにいたら、きっと気分を悪くしていただろう。俺は派出所勤務だけで充分だ。余計な事件に係わりたくない」

「この辺の駐在なんですか？」

僕はおずおずと訊いた。なんだか、とても気難しい人間みたいだった。

「そうだ。※※村の北地区担当だ。普段は酔っぱらいとか、道に迷ったスキー客とか、そんなやつばかり相手にしている。どうしようもない連中だが、それでも生きている相手だから、なんとでもなる。死体はいけない。コミュニケーションできないからな」

本気で言っているのか、それとも何かのジョークなのか、僕には見当がつかなかった。

「深見警部は俺とは逆の人間だ。死体と相性がいい。もう話せなくなった奴の口からいろいろ聞き出すことがうまいし、それを楽しみにもしている。根っからの捜査員だな」

「あの、深見さんって、いくつなんですか？」

「五十三歳」

見かけより、ずいぶん若い。もっとも僕の推定した年齢なら、とっくに定年すぎているはずだったが。

「この辺りの出身なんですか？」

「俺がか？」

「いえ、深見さんのこと」

「そうらしい。と言うのも、俺の方がよそ者なんで、この村の昔のことは一切知らないんだ」

さきほどまでとはうって変わって、饒舌になったようにみえる。でも、この警官は僕が尋ねたときしか話さなかった。なんだか、コンピューターを操作しているみたいな気分だった。

「ベテランなんでしょうね……あの、深見警部のことですけど」

「だ、そうだ。県警でも最古参のひとりだろう。ずっと捜査一課でやってきたひとらしい」

「へえ、でもなんだか、そんな感じしないなあ」

眩しい光の中に浮かび上がった深見警部のシルエットを、僕は思い出していた。捜査一課と言えば、殺人や強盗などの暴力犯専門の部署のはずだ。そこでの最古参というからには、いろいろな修羅場をくぐってきたのだろう。しかし、あの警部のまわりには、そんな殺伐《さつばつ》とした雰囲気が感じられなかった。

「みんなが、そう言うな」

警官が言った。

「ばりばりの捜査屋のわりには枯れた感じだし、なによりひとあたりがいい。それでいて、相手を逸《そ》らさないところがある。だから容疑者を落とすことにかけては、県警

――という評判だ。みんなは警部のことを『真珠採りの深見』と呼んでいる」

「なんですか、それは？」

「その心は、口を割らせるのがうまい、だ」

警官は声を立てずに笑った。

僕は深見警部が小林の過去を話すときに、ふと僕の方をうかがったことを思い返していた。

あのとき、警部は小林が刑事を辞めた理由を話そうとしていて、結局言わなかった。それは、僕を慮《おもんぱか》ってのことだったのではないのか。つまり小林が辞めたのは、僕の前では話せない理由があったのではないだろうか。

十年前の事件は、僕以外のひとたちにも、いまだに大きな影響を与えているようだ。

明日にも、警部は僕の所へ来るだろう。そうしたら、逆に僕の方から探りを入れてみようと決心した。警察に尋問してみるのだ。

どうやら小林の死体を見つけて以来、どんどん大胆になっていくみたいだった。

パトカーは警報も鳴らさず、ライトも回転させないまま、叔父の別荘のすぐ近くまで来て、停まった。

「ありがとうございました」

「おい、ちょっと、待て」

礼を言って出ようとした僕を、警官が呼び止めた。

今になって何か聞き出そうとでもいうのか。僕は努めて平静を装ってふり返った。

「なんでしょうか？」

「今日は、ゆっくり寝なさい」

そう言うと、警官はパトカーを発進させ、みるみる姿を消した。僕は茫然としたまま、しばらくその場所にたたずんでいた。

そして、大きな溜息をついた。

別荘の窓には、ひとつだけ明かりが見えた。リビングの明かりだった。

僕はそっと玄関のドアノブを回した。鍵がかかっていなかった。ドアを引くと、部屋の光が外の闇に鋭い切り込みを入れた。

泉がいた。

僕の顔を見ると、ふいに泣き出しそうな顔になり、ソファから立ち上がった。

「裕ちゃん……」

泉は胸が押しつぶされたような声でそう呟き、僕の方に駆け出そうとして、そして、ふいに倒れた。

あわてて駆け寄って抱きかかえると、泉の指先がびっくりするほど冷たかった。

部屋に入ってきた叔母が、悲鳴をあげた。

22

医者の診断は、単なる貧血ということだった。叔母は入院だのなんだのと大騒ぎしたが、泉自身がいやがったので、とりあえず佐々木の奥さんにつききりで看てもらうことにした。

「後は大丈夫ですから、お休みになってください」

奥さんはそう言って、僕と叔母を泉の部屋から追い出した。ドアが閉まる瞬間、泉が僕の方を見てかすかにうなずいたのが見えた。

リビングのソファにどっと座り込む。僕の方が気を失いそうなほど、疲れていた。

叔母はバッグから何かの薬を出して飲んでいた。

「何の薬?」

「精神安定剤よ。今日はこれがなくちゃ、眠れそうにないわ」

叔母の眼は充血していた。

「まったく、お父さんといい、あの子といい、みんなどうしたんでしょう?」

「ん?　叔父さんがどうかしたの?」

「今日、気分が悪くなったのよ」

叔母はあまり優しくもない口調で言った。

「あなたたちが出ていってから、すぐよ。ふらふらっとして、倒れそうになったの。ただの疲れだからって、そのまま行っちゃったけど」

叔父が倒れそうになった。なんだか、信じられない気がした。叔父に限って、疲れとかいう言葉と縁があるなんて、思えなかったからだ。

「じゃあ、もう行っちゃったの?」

「そう。大事な打合せがあるんですって」

「泉のこと、言わなくてもいいかな」

「言っても、どうにかなるものでもないでしょ。心配して帰ってくるなんて、思えないし」

たしかに、ただ娘が貧血で倒れたくらいで、仕事を放って駆けつけて来るようなひとではないだろう。だが、せめて連絡くらいは入れておいた方がいいのではないか。

「どこへ行ったのかな？」

「知りません」

叔母もだいぶ不機嫌だった。

「それよりも、今までどうしてたの？　こんなに遅くなって、泉が貧血起こしたのも、裕ちゃんのことを心配しすぎたせいなのよ」

矛先《ほこさき》がこちらに回ってきてしまった。

適当に誤魔化そうか、一瞬そう思ったが、どうせ明日になれば、小林の死はニュースになって日本中を駆けめぐるのだ。警察も今日できなかった事情聴取をするために、ここへやって来るはずだ。いずれにせよ、隠してはおけない。

僕は小林の死体を発見して警察に連絡したことを話した。もちろん、小林と僕との関係は言わなかった。泉と叔父はともかく、叔母はまだ、僕が自分の過去を探ろうとしていることは知らないはずだ。わざわざ話して、やっかいごとにしたくはなかった。僕は自分がただの発見者にすぎないことを強調しながら、顛末《てんまつ》を語った。

それでも、僕の話を聴いているうちに、叔母の顔色が変わってきた。

「どうして、こっちに電話してくれなかったの？」

「うん……、警察が取り調べているんで、電話しづらかったんだ」

「違うの。警察に知らせる前に、どうしてわたしたちの方に先に連絡しなかったかって、聞いてるのよ。勝手にそんなことして」

「勝手に、って……」

僕には叔母がなぜそんなことを言うのか、最初はわからなかった。

「だって、死体を見つけてしまったんだから、警察に知らせなくちゃ……」

「それが、軽率なのよ」

叔母は本気で怒っているみたいだった。

「いい？　警察に知らせたら、どうしたって尋問やら何やらされるのよ。そればかりか、新聞にだって出てしまうじゃないの。そんなことになったら、痛くもない腹を探られて嫌な思いをするし、マスコミのいいネタにされてしまうだけだわ。そこまで考えたこと、あるの？」

「だって――」

「だって、じゃありません。たとえ事件に関係がなくたって、少しでもうちに傷がつくような真似はしないでちょうだい」

こんなに叔母が怒るとは、正直思ってもいなかった。これが叔父ならば、たぶん胡蝶グループの体面を気づかって、僕に釘をさすことくらいはしただろう。だが、叔母にそう言われてしまうとは思わなかった。

「わかりました。ごめんなさい」

ここは素直にあやまった方がいい、そう思って僕は頭をさげた。

「で、警察はもう来なくていいって言ってくれたの？」

「いいえ、明日僕に話を訊きにきます」

「そう、じゃあ、やってきたら、わたしが相手をします。裕ちゃんは顔を出さなくてもいいわ」

どうやら、警察を追い返すつもりらしい。僕はあえて何も言わなかったが、気分はよくなかった。

「とにかく、今日はもうお休みなさい。わたしも疲れたから、もう寝るわ」

話は終わり、とばかりに叔母はそう宣言すると、自分の部屋に引っ込んだ。

僕はリビングのソファにこしかけたまま、ぼんやりしていた。

朝食しか食べていなかったが、食欲はなかった。バスルームでシャワーだけ浴び、そのままベッドにもぐり込んだ。

いろいろなことが、一度にありすぎた日だった。綿の詰まったような感じの頭に、とりとめのないことが浮かんでは消えた。

田代雛子の顔、母の部屋、小林の死に顔、深見警部のシルエット、無口な警官の横顔……。

何か、大事なことを忘れているような気がした。とても重要なこと。だが、それが思い出せなかった。思い出そうとしても、気力が続かなかった。かなり長い間煩悶《はんもん》していたような気がするが、きっと実際は十分もかかっていないだろう。僕はエアポケットに入るように、いきなり眠りの底に落ち込んでいった。

テレビゲームでは、宿屋に泊まって一晩眠ると、体力が完全に回復してもとどおりになる。だが、その日の体力回復は、けっして充分とは言えなかった。

閉め忘れたカーテンの隙から差し込む光に刺激されて眼を覚ましたけれど、僕の頭はあい変わらず綿詰めのままだった。

思いっきり頭をふって、もやもやを吹き飛ばそうとした。が、ただ首が痛くなっただけだった。

僕は溜息をついて、ベッドから抜け出した。そのとき、昨日の夜忘れていたことを思い出した。

壁に掛けられた時計を見る。まだ午前七時前だった。警部たちが来るのは、たぶん午後になってからだろう。それまでに、すませておきたかった。

そっと着替えて、下に降りた。誰も起き出していない。普通この別荘の朝は八時から始まる。佐々木夫妻が朝食を作りに来るのだ。それまでは誰も起きてこない。

泉の部屋の前も、静かだった。そのドアには木でできた人形が飾ってある。泉が駅前の売店で見つけたものだ。ふいに、胸を切り裂かれるほどの切なさを感じた。ドアを開けて、泉の顔を見たかった。でも、今はほかにしなければならないことがある。

僕は誰にも気づかれないように玄関を開け、外へ出た。

あい変わらず、空は鈍《にび》色に曇っていた。一面に厚い雲が覆っている。少し肌寒さまで感じる風景だった。僕はカーディガンを持ってくればよかったと悔やみながら、父の別荘めがけて歩き出した。

今度は迷わずに行けた。昨日つけた足跡を追っていくだけでいいのだ。夜のうちに雨か露に包まれたらしい森の木々は、きん、と張りつめたように冷たい朝の空気の中で、人間を寄せつけない清々《すがすが》しさを漂わせていた。

別荘のあたりは、薄い霧に覆われていた。

そっとまわりを窺ってみる。僕の他に誰かが来た様子は、ないようだった。

中に入ると、カーテンの隙から洩れる光の帯が、白っぽい柱になって斜めに突き立っていた。

母の部屋に上がり、ベッドの下から小林のザックを引っ張り出した。それを逆さにして、中身を全部ぶちまけた。

目当てのものは、折りたたまれた茶色のセーターの間に挟まれていた。システムノート形式の、黒い革カバー。昨日小林の体から見つけられなかった、あのメモだった。

昨日、ここで小林を待っている間にザックの中身をあらためてみるべきだった。しかし、あのときはまだ彼の死を知らず、すぐにでも帰ってくるものと思っていたから、しかたがないのだが。

ページをめくってみる。例のきっちりした文字が、丁寧に並んでいた。

父と母の事件についての記録だけが、書かれていた。だが、僕がもらったコピーとは、少し違っていた。コピーには事件の経過が順を追って並んでいたのに、メモではその順序がかなり前後している。ところどころに余分な書き込みや、いたずら書きのような絵があったりもした。地下室の巨大冷蔵庫のことなどは、一番最後の方にちらと書いているだけだった。それを読みながら、僕は自分の想像がまたひとつ当たったことを知った。

小林が僕にくれたメモのコピーは、オリジナルではない。僕に与えるため、編集したものだったのだ。僕が昨日得た結論——父が母を殺すために練ったトリック——を効率よく導き出せるために、必要な情報だけをピックアップして渡したのだ。と、すれば、当然小林は父が母を殺した方法を知っていたことになる。だが、なぜ僕にそれを直接教えず、こんなにまわりくどいことをしたのだろうか。

小林の意図がどうしてもつかみ切れない。会って直接聞き出せるものなら、彼に聞いてみたかった。だが、今頃彼は大学病院の解剖室で、三十数年の人生の決算書を作ってもらっているところだろう。

僕は母のベッドにこしかけて、メモのページをめくった。今はこの小林の遺産だけが、事件を解くためのアイテムとなってしまった。なんとか手がかりだけでも、つかみたかった。

僕の手をとめるような物を見つけたのは、しかしそれからすぐのことだった。古い新聞だった。日付を見ると、十年前の九月だ。新車のコマーシャル記事だった。もうほとんど見かけなくなった形の車が、ニュータイプとして紹介されていた。

裏返すと、社会面だった。長野県下で起きていた連続誘拐殺人事件の犯人が逮捕されたというニュース。犯人は変質者で、五人もの幼児を誘拐し、殺していたそうだ。記事はその残忍な手口と、被害に遭った子供たちのことをレポートしていた。県下ではあと二人の幼児が行方不明になっているそうで、犯人はそのうちひとりの殺害については自白したが、死体を捨てたと自供した場所を捜索しても何も発見できなかったという。あとひとりについては関与を否定し続けており、捜査本部では引き続き取調べを行うことにしている。云々。

どうしてこんな記事がここにはさまれているのか、僕にはわからなかった。気になるのは、誘拐事件が僕の事件と前後して起こっているらしいということだが、それと何か関連があるのだろうか。小林の意図はこれだけではつかめなかった。

もとどおりはさんでおこうとして、記事に小さな書き込みがあることに気づいた。

山本裕司とは、誰か？

他の文章が、メモとは思えないほど几帳面に書かれているのに較べ、この書き込みだけは、余白に無理やり押し込んだように書いてあった。ふと思いついたことを、忘れないうちにメモしておいたみたいだった。

僕が小林にはじめて会ったとき、彼が僕に投げかけた言葉と同じだ。

この言葉を僕は、記憶を失った僕への揶揄《やゆ》だと思っていた。しかし、こう何度も出てくると、違った意味があるような気がしてきた。

それは、雛子が言ったこと――僕が雄一郎の子供ではない、ということだ。小林の言葉は、雛子が言っていることが、ただの中傷ではないことを示しているような気がする。

山本裕司とは、誰か？――小林は知っていたのだ。父に子供ができないことを。母が生んだ子供は父の子ではないことを。だから問いかけたのだ。山本裕司は、誰の子か、と。

埃とかびの臭いがこもる部屋の中で、僕はメモの文字を見つめながら、やりきれない気持ちになっていた。僕は、僕を捜してこの別荘に来た。そして僕は、僕を見失ってしまったらしい。

僕のこのメモに関する推理は、五十パーセントほど正解だった。そのとき、僕が知っていた事実だけでは、それだけの解答を引き出すのでせいいっぱいだったろう。別に自分を弁護するわけではないけれど、しろうと探偵としては及第点だと思う。

メモには、僕に出会ったときのことも書いてあった。僕のことを「自発性なし。従妹の後ろに隠れて、こそこそしている。だが、そろそろ潮時だろう」と、内申書の素行欄もどきに書いていた。たしかに、あのときの僕には自分から何かしようという気構えはなかっただろう。しかし、こうはっきり言われると、気分はよくなかった。

しかし、「潮時」とはどういう意味だろうか。

ついで小林は泉を「もう少しすれば、美人になるだろう。札束と宝石で着飾った、鼻っ柱の強い美人にだ」と描写していた。ひっぱたかれた恨みが残っていたとみえる。

その後ろに書いていたことが、また僕の注意をひいた。

餌《えさ》を投げる。自分の正体を自ら知った時、彼は僕の餌を思い出すだろう。

小林の投げた餌とは、つまり僕は誰か？　という問いかけのことだろう。やはり、小林は僕のことを知っていて、それを隠していたのだ。

読んでいるうちに、僕にはなんとなく小林の計画が見えてきた。彼は、僕に記憶を取り戻させようとしていたのだ。少しずつ事実を小出しにして、僕がそれにうまく引っかかり、喉元から記憶をずるずると引きずり出すのを期待していたのだ。

でも、なぜ？

23

急いで戻ってきたつもりだったが、すでに深見警部が来ていた。

リビングで叔母と話をしていたらしい警部は、自分の孫の顔を見るように眼を細めて、

「やあ、散歩からお帰りかな。ちょうどいい。今、君の叔母様にいろいろ話を聞いていたところだよ。二日夜、ここへ小林らしい男がやって来たそうだね」

叔母は僕の方を見て、複雑な笑みを浮かべた。僕には何も話すなと言ったくせに、叔母は自分からあの夜の一件を話してしまったらしい。

それだけ、深見警部の方が上手だったということか。油断できないな、と思った。

「では、よろしいですかな。裕司君を少しお借りしても」

「はい……」

昨夜《ゆうべ》の意気込みはどこへ行ったのだろうか。叔母は警部の言うままにうなずいていた。

「裕ちゃん、刑事さんに知ってることはお話ししてさしあげて。わたしは、泉の様子を見てきますから」

では、と小さく顔を下げて、叔母はリビングを出ていった。

「きれいな叔母様だね。それにとても協力的だ」

僕は、どうしても聞きたいことがあった。

「どうやったんですか？」

「何がかね？」

「叔母があんなに素直に言うことを聞くなんて、どんな脅し文句を言ったんです？」

初め、警部は僕の言っていることがわからなかったらしい。やがて、当惑したような表情で、

「そんな、誤解だよ。僕は何も脅してなんかいない」

心外だ、というように首をふった。

「ただ、捜査に協力してもらえるように、説得しただけだ。僕が、そんなこわもてのする顔に見えるかい？」

「だって、県警じゃ有名なんでしょ。『真珠採りの深見』って」

「なんで……」

と言いかけて、ふいに警部は笑い出した。

「そうか、あいつか。あいつがしゃべったんだろ。いやあ、顔に似合わずおしゃべり

な奴だな」

深見は面白くてたまらないといった感じで笑い続けた。

僕は面白くなかった。この警部と会ったとき、自分を優位に立たせて逆にいろいろ聞き出そうとしていたのが、うまくいかなくなりそうな気がしてきたからだ。別荘から帰る道すがら、一生懸命考えてきたのだ。はじめに警部に衝撃を与えるようなひとこと。そしておもむろに小林と僕との関係を匂わせる。相手が乗ってきたら、交換条件の提示だ。警部さんも話してください。僕も知っていることは話しますから……。

素人の考えるシナリオは、やっぱり出来が悪い。すぐ破綻《はたん》してしまう。

佐々木さんの奥さんが、紅茶の用意をして持ってきた。

「泉の様子は、どう？」

「えっ、はい、お嬢さんなら、今お休みになっておられますよ」

「別に、変なことはないの？」

「ありませんとも。ただ疲れておいでなだけです」

奥さんは、大きく頷きながら、答えた。

「そうか、大丈夫なのか……」

安堵の溜息が、もれた。自分でも驚くほど大きな溜息だった。

「どうしたんだね。急に」

深見警部が、僕を心配そうに見ていた。

「いえ、なんでもありません」

僕は小さく首をふった。

「泉というのは、あの叔母様の娘さんだね？」

「ええ、ちょっと貧血で寝込んでいるもんで、……ごめんなさい」

「いや、あやまることはないが……君は泉という子のことをずいぶん気にしてるんだね」

「いえ、今まで貧血なんて起こしたことのない子なんで、それで、つい……」

警部はまだ何か考えている様子だったが、

「じゃあ、本題に入ろうか」

と、僕の方に向き直った。

「二日の夜にこの部屋を覗き見していた男というのは、本当にあの小林だったのだろうかね？」

「さあ、僕は実際に見てませんでしたから」

「しかし、叔母様の話だと、小林にそっくりなんだな。サングラスはともかく、あんなにすごい髯は、そうざらにはないだろうし」

警部はポケットから取り出したシャープペンシルで鼻の頭をかいた。それが癖みたいだ。

「それはともかく、君は小林を知っていたんじゃなかったのかね?」

警部の眼が、鋭く光ったような気がした。

「どうして、そう思うんです?」

僕は鎌をかけてみた。

「いや、なんとなく、だよ。昨日、死体を見つめている君の眼は、ただごとではなかったからね。あれは無関係な他人の死を見ている眼じゃ、なかった」

やはり刑事だ。見ていないようで、ちゃんと見るべき所を見ているらしい。

僕は少し考えて、そして言った。

「実は、そうなんです」

僕は小林とのことを、警察に話してしまおうと決めたのだった。どうせ捜査が進めば、僕と彼が会っていたことは判ってしまうのだし、そうなってから話しても、変に疑われるだけだ。なにより、僕は十年前の事件の真相を知りたい。たとえ警察の力を借りてでも。

　僕は小林が僕に接触してきてからのことを手短に話した。父が母を殺したという推理は別にして、だ。まだ確信がなかったし、どうせ警察に知らせても入院中の父を逮捕することもできないだろう。そこまで警察を介入させたくは、ない。

「どうして、それを昨日話してくれなかったのかね？」

　非難する口調でなく、警部は尋ねた。

「昨日は、ごたごたしていたし……。それにまだ、気持ちの整理もできていなかったんです」

「ふむ、整理ね」

　警部はうなずきながら、呟いた。

「そういう警部さんは、整理できましたか？」

「ん？　何のことだね？」

「小林の死体を発見したとき、警察を辞めた理由を話さなかったでしょ。あれは、僕に気兼ねして話さなかったんじゃないですか？」

「鋭いねえ、君は」

　またまた、警部は微笑んだ。笑うと皺が深くなって、気のいいおじいさんのように見えた。

「だが、そんなことはどうでもよろしい。今問題なのは──」

「どうでもよくは、ありません」

僕は言った。

「小林は僕の過去を探ろうとしていました。母の本を出すためだと、僕には言っていましたが、本当にそうだったのかどうか、判りません。ただ、彼がこの村の出身者で、九年前まで警察の人間であったなら、僕の父と母の事件にも、捜査側として係わっていたんじゃないですか？　そうだとすれば、彼が警察を辞めた理由も、今度の件に関係があるのかもしれないじゃないですか。どうなんです？」

警部は黙っていた。答えるかどうか迷っているようにも見えるし、単に僕の手の内を見たいだけなのかもしれなかった。

「警部さん、僕は十年前に何があったのか知りたいんです。小林はかなりのところまで調べてたみたいだった。僕はその続きを調べたい。そちらでわかっていることがあれば、教えてほしいんです」

僕は必死だった。深見警部は僕を見つめ、そして、あの優しい笑みを浮かべた。

「わかったよ。こんなことを捜査中にばらしてはいけないんだが、君にも知る権利があるからね」

警部の笑みには、自嘲の影があった。

「伸吾があんなことになったのは、ひょっとしたら僕のせいかもしれない。彼の親父さんは、僕の先輩だった。すごく面倒見がよくてね。新米の頃、よく眼をかけてもらったもんだ。奥さんを病気で亡くされてから、ひとり息子を男手ひとつで育てながら、きちんと刑事の仕事をするという、奇跡に近いことをこなしていた。実情はいろいろ苦労はあったろうが、そんな気配はそぶりにもみせなかったね。

ところが、その小林刑事はある日、強盗を逮捕しようとして、包丁で刺されてしまった。僕は一緒にいながら、ほとんど何もできずにおろおろするばかりだったのに、小林さんは腹から血を吹き出させながら、相手にしっかりと手錠をかけ、そうして意識を失った。

小林刑事は、救急車の中で息をひきとった。最期まで息子の名前を呟きながらね。

僕はそのとき、彼の息子のことは僕が面倒を見ようと決心したんだ。先輩を見殺しにしてしまった罪が、それくらいのことで帳消しになるとは思っていなかったが、どうしてもそうしないではいられなかったんだ。

新婚の女房を説得して、僕は伸吾を養子として引き取った。

僕は彼を立派な警察官に育てようと思ったんだ。父親のような警察官にね。それが小林刑事の遺志でもある。そう僕は信じたんだな。ことあるごとに、僕は彼にそう言い聞かせた。君は警官になるんだ。そしてお父さんの名に恥じない人間になるんだ、とね。今から思えば、かなり強引だったね。物心つくまえから自分の一生を決められるというのは、やっぱり気分よくないものだろうね。でも、僕はやってしまったんだ。

伸吾は大学を出ると、僕の言う通り警官になった。それも僕と同じ捜査一課だ。僕は喜んだね。彼を自分の手元に置いて、刑事の仕事を一から教えた。本当に自分の息子に跡を継がせるような気持ちだった。

だが、僕は伸吾の本当の気持ちを知らなかった。彼は決して警官になりたいとは思っていなかったんだ。

それが判ったのが、十年前の事件、つまり君と君の御両親の事件だ。

あれは最初からやりにくい事件だった。死んでいるのが有名な小説家で、その夫は大企業の役員。そして発見したのが、その大企業の社長で夫の弟ときた。とても地方の警官が扱える事件じゃなかった。だが、伸吾は今までにないほどこの事件にのめり込んだ。あのときの伸吾の様子はただごとではなかった。僕は今でも現場で君のお母さんの死体を見つめる、伸吾のあの異様な眼つきを思い出せる。もともと中沢祥子の小説のファンで、中沢祥子がこの別荘に住んでいるのを知っていて、ファンレターを出したり、ときどき別荘までおしかけていたらしい」

「本当ですか？」

「見た奴がいるんだ。もっとも彼女は相手にしてくれなくて、結局一度も顔を見ることができなかったようだがね。とにかく伸吾は事件の捜査に文字通り不眠不休でとりくんだ。僕はその姿を見て、ああ、こいつも刑事らしくなったものだ、と感心していたんだが、彼の本心はまだ知らなかった。

事件は、しかし五里霧中といってもよかった。関係者のひとりは死に、ひとりは意識不明。残るひとりは記憶喪失ときては、どうにも手の打ちようがなかった。山本夫妻の秘密めいた生活も捜査には災いした。普段どんな生活をしていたのか、ふたりがお互いをどう思っていたのか、それを知る人間はひとりもいなかったからね。マスコミは騒ぐ、県警のお偉方は苦虫をこっちの口に押し込んでくる。針の筵《むしろ》とは、このことだった。

そうこうしているうちに、中沢祥子の無理心中説が強くなってきた。あの状況から言って一番無理のない考えだったし、一番穏便な説だった。祥子——君のお母さんのせいにしてしまえば、山本家の醜聞は少しは軽減されるだろう、という思惑があったことは否定できん」

「それは、捜査に胡蝶グループが干渉したということですか？」

僕は尋ねた。深見警部は少し困ったような顔をして、

「いや、そうは言ってないよ。ただ、捜査が次第にその説の方へ引きずられていたのは事実だ」

警部の弁明を聞きながら、僕は事件へ胡蝶グループ、もっと正確に言えば、叔父が介入したのだろうと思った。

「やがて、記者会見があり、時の警察署長は記者会見で、『最も信頼できる推論』として中沢祥子の無理心中説をとりあげた。マスコミはこぞってそれに飛びつき、推論はいつしか事実となってしまった。それから後は君も知っているだろう。

だが伸吾だけは、その説に真向から反対した。この事件にはもっと深い裏がある、と言ってな。毎日事件の起きた別荘周辺を、犬が埋め忘れた骨を捜すみたいにじわじわと調べ回っていた。それはまるで、肉親の仇を捜しているみたいだった。

だが、不思議なことに、ある日を境にして伸吾はほとんどこの事件について何も言わなくなった。何がきっかけだったのか、今でも判らない。あれだけ捜査会議で熱弁をふるっていたのが、だんまりに徹してしまうようになったんだ。僕は気にして何度も彼に真意を聞き出そうとしたんだが、いつもはぐらかされてしまった。

『俺は、興味をなくしたんです』

と、伸吾は僕に言ったことがあった。それを僕は、この事件にたいしてだけの反応だと思っていたが、彼は警察の仕事そのものに興味をなくしていたんだ。それに気づいたとき、伸吾はもう失踪した後だった」

「失踪……」

「そう、ある日突然、いなくなってしまったんだ。置き手紙ひとつない。何かの事件に巻き込まれたかとも思ったが、警察手帳や拳銃はそのままになっていた。どう考えても覚悟の家出に違いなかった。一週間して、辞表と彼の籍を僕の戸籍から抜いてほしいという手紙が届いた。消印は、北海道だった。

その手紙を読んだとき、僕は自分が間違っていたことにやっと気づいたんだ。彼は手紙の中で、自分は警察の仕事を嫌っていた、軽蔑さえしていた、本当はジャーナリストになりたかったと書いていた。ではなぜ警官になったかと言うと、警察での経験がいつかジャーナリストとしての仕事に役立つだろうと思っていたからだ。だが、自分は失望した。警察は所詮権力の擁護者でしかなかった。それが山本家の殺人事件の捜査を通じてよく判った。自分はいつか自分自身の力でこの事件の真相を究明してみせる。手紙にはそう、書いてあった。

それ以来、伸吾からは音信が途絶えた。僕はそれとなく捜し続けてはいたが、どうしても行方が判らなかった。奴のことだから、きっとどこかで山本家の事件について調査しているに違いないとは思ったが、結局、今まで彼が何をしていたか、判らずじまいだった。

それが、こんな形で再会するとはね……」

深見警部の溜息が、僕の心の底までしみこんでいった。この警部にとって、小林は融通のきかない、しかしとても大事な存在だったのだろう。

ひとりで追憶の中に沈み込んでいた警部は、ふと目覚めたようにまばたきをして、

「いかんいかん。こんな思い出話をするためにここへ来たんじゃなかったな。いや、歳は取りたくないねえ」

あらためて僕に向き直ると、再び刑事の顔に戻った。

「さて、話を元に戻すが、二日の夜、小林らしい男が現れた時間だが、覚えているかな?」

僕は、あの夜の記憶を引き出した。僕の背中に顔を埋め、泣いていた泉——。

「あれは、夕食を済ませて食器を洗っていた頃だったから……たしか、午後八時を回っていたと思います」

「もっと、はっきりした時間がわからないかな？」

「ええと、ちょっと待ってください。……あのとき、この部屋の時計が八時を打つのを聞きました。だけど、この時計は五分遅れてるんです」

警部は壁に掛かっている時計を見て、自分の腕時計と見くらべた。

「なるほど、では、その男が現れたのは、午後八時五分ということになる……、なるほどね」

「何か？」

「いや、解剖の結果だがね、伸吾の死亡推定時間は二日の午後七時から八時半ごろということなんだ」

「じゃあ、これでその死亡時間がもっと限定できますね。午後八時五分から午後八時半までだ」

「そういうことに、なるね。しかし……」

と、警部は面白くなさそうに、言った。

「ここから死体のあった場所まで、歩いて二十分近くかかるだろ。とすれば、彼はここから立ち去った後、真っ直ぐあの場所に来て、即座に殺されたことになる。どうにも、切羽詰まった感じなんだよ。まるで大急ぎで殺されにやってきたみたいだ」

「……そうですね」

そう言われれば、少し時間がなさすぎるような気もする。しかし、物理的に無理なことではないのだ。

「ところで、午後七時から八時半の間にこの別荘のひとで外へ出たひとがいるかね？」

「それは、アリバイ調べですか？」

「まあ、そんなようなものだ。どう言い繕《つくろ》ったってね」

警部はわざと冗談めかして言った。

「いえ、いませんね。僕も泉も叔母も、あの夜はもう外に出ませんでしたから。それぞれの部屋に戻ったのが午後十一時すぎでしたから、それまで三人は一緒にいました。もっとも、僕たち三人が共謀していると考えれば、そんなアリバイなんて役にも立たないでしょうが」

「別に君たちを疑っているわけじゃないんだよ。関係者の位置関係を正しく把握したいだけなんだ」

警部は苦しい言い訳をした。

「今日はこのくらいにしておこうか。また何か聞きたいことがあったらお邪魔するよ」

なんだか居心地が悪くなったのか、警部はそそくさと立ち上がった。もう少し押しの強いひとかと思ったが、なんだかかえって拍子抜けしてしまった。

「僕は今日、帰ってしまいますけど……」

「そうか、じゃあ、またお宅の方にでも行くかもしれない。それくらいの出張旅費は出るだろうしね」

そう言うと、警部はドアを開けて外へ出ようとした。が、

「ああ、そうだ。忘れてたが、もうひとつ」

そらきた、と思った。テレビの刑事がよくやる手だ。帰ると見せかけて相手がほっとした隙を狙い、いきなり質問をぶつけてくる。相手の動揺を狙ったせこい作戦だ。

「これに見覚えはないかな?」

警部が取り出したのは、一枚の紙切れだった。僕はそっとそれを受け取った。一瞬、警部はその紙に残るだろう僕の指紋が目当てなのではないか、とかんぐった。しかし、いまさら気にしたってはじまらない。

僕は決して役者にはなれないだろう。その文面を見ているうちに僕の表情が変わったことは、警部にははっきりわかったはずだ。僕はどうしても心の動揺を止めること

ができなかった。それには、こう書いてあったのだ。

過去を探るな。

知れば、おまえは必ず不幸になる。

すべては、眠らせたままにしておけ。

「知っているのかね?」

答えるべきかどうか、僕は迷った。

「どこで見たんだ?」

警部の声に、鋭い冷たさが感じられた。もう、ごまかしはきかないみたいだ。

「僕の所へ、これと同じ文面の手紙が来たんです」

「ほう。これと同じ物かね?」

警部は興味深げに尋ねた。

「ええ。でも、これはどこにあったんですか?」

「伸吾のポケットだよ」

「…………」

僕は何がなんだか、わからなくなってしまった。

「だけど、だけど……、そんなことって」

「僕もわけがわからん。どうして伸吾がこんなことしたのか」

深見警部も当惑気味だった。

警部が見せた脅迫文は、ワープロで打ったものではなく、肉筆だった。見覚えのある、几帳面な文字。

あの脅迫文は、小林自身が書いたものだったのだ。

24

別荘を出たのは、その日の午後六時すぎだった。

叔母は泉の容体を心配して、僕だけ帰らせようと思っていたらしい。でも泉が帰りたいと頑固に言い張ったので、しぶしぶ納得したようだ。

「そのかわり、明日はちゃんと寝てなさいよ」

叔母の言葉に泉は青ざめた顔でうなずいた。僕の方を見て少し微笑み、大丈夫だからという意味だろう、Vサインを作ってみせた。でも、熱っぽい瞳と乾いた唇が、彼女のせっかくのポーズを台無しにしていた。

途中何度か休憩しながら走ったので、家に着いた頃には、もう十時をまわっていた。

「まったくもう。さんざんな休暇だったわ」

家に入るなり、叔母は愚痴った。

「もう、あんな別荘なんて二度と行きませんからね。たくさんよ、あんなひどい所。泉ちゃん、もう今日はお休みなさい。裕ちゃんもね。なんだったら裕ちゃんも明日はお休みしてもいいわよ」

僕は首をふった。

「いいえ、僕は学校へ行きますよ。別に疲れてはいないから」

「そう、じゃあいいけど。わたしは明日は少し朝寝坊しますからね。朝食は千秋さんにお願いして」

それは毎日そうではないですか、とあやうく言いそうになった。主婦らしい仕事は何ひとつしていないのに、叔母はいまだに自分がこの家の主婦であると思っているらしい。そんなことにいちいち腹を立ててもつまらないけど、そのときに限ってじりじりと耳の後ろを焦がされるような怒りがしみ出してきた。たぶん、僕も疲れているのだろう。

僕はもう何も言わないで、自分の部屋に直行した。

いつもの波音のCDをかける。うねるような響きが、僕の部屋全体に広がった。僕はベッドに腰かけ、眼を閉じた。波の音に合わせて深呼吸をする。いらいらしたときには、これが一番いい。少し続けていると体が波間に浮かんでいるような気になって、落ち着いてくる。

そして例の光景が眼の前に広がる。

うす汚れた小さな海岸。足首まで沈んでしまいそうな砂の感触を、僕ははっきり感じた。

それから、僕の手を包んでいる大きな掌。陽に焼けた、力強い指……。

野太い声――よく見ておけよ。もう来ないからな――。そう語りかける声。

はっとして眼をあける。誰だ、今の声は？　僕の知らない声。だけどなんだか、とても懐かしい。

思い出そうとしたが、できなかった。くしゃみを途中でとめられたような、いやな気分だった。叔母の言うとおり、もう寝たほうがいいみたいだ。

その前にシャワーだけでも、と立ち上がったとき、ドアをノックする音が聞こえた。

「おい、ちゃんと寝なきゃだめじゃないか」

僕はドアを開けながら言った。廊下に立った泉は、

「ママみたいなこと、言うのね」

と言った。

「あんまり心配しないで。そんなにひどくないんだから」

「心配されたくなかったら、その顔色をなんとかしたほうがいいな。まるで、青い絵の具を塗ったみたいだ」

「おおげさね」

泉は笑った。力のない笑い方だった。

「ねえ、裕ちゃんを追っかけてたあの男が殺されたって、ほんと?」

「うん、そうなんだけど……」

どうして、今ごろそんなことを聞きにきたのだろう。

「裕ちゃんが、死体を発見したんだって?」

「ああ、そのことなら明日——」

僕が話を打ち切ろうとするのを、泉はさえぎって、

「聞きたいの。そのときのことを知りたいのよ」

泉の眼は真剣だった。僕は結局、泉を部屋に入れて、深見警部に話したのと同じこ

とをくり返すはめになってしまった。

　僕の話を聴いている間、泉はずっと無表情だった。

「そう、じゃあ、ママがあのひとを見た後すぐに殺されたのね」

「そういうことになるね」

「警察では、あのひとの死を何と言ってるのかしら？」

　泉はよほどこの件が気がかりなのだろう。僕はあえて、泉の気持ちに逆らわないでいようと思った。

「深見って警部さんが来て、殺人として考えているのはわかったけど、犯人とか動機とかのことは教えてくれなかったんだ。でも意外なことがわかったよ。彼、昔は警察にいたんだって、それもあの辺の警察で、僕の事件のときにも捜査に加わっていたんだ」

「え？」

　泉の表情が強張るのが判った。

「あの男、警察の人間だったの？」

「うん、昔のことだよ。今は何やってんだか、よくわからない。あのフリーライターってのも、眉唾《まゆつば》もんだしね」

「そう……」

「ん？　どうしたの？　気分悪いのか？」

「ううん、大丈夫」

「あんまり、大丈夫じゃないみたいだ。もう寝なよ」

「そうしたほうが、いいかな……」

泉はまだ何か言いたそうにしていた。少しの間だけ迷っていたが、決心したかのように僕をしっかり見て言った。

「あのね、昨日パパが言ってたことだけど」

「なんだっけ？」

「留学のこと。あたし、行こうと思うの」

「えっ？」

「今度パパが帰ってきたら、言うわ」

「でも……」

「行きたくなったの。外国で暮らすのって、楽しそうだし」

「でも……」

でも、しか言えない自分が腹立たしい。でも……。

「あたし、外国でずっと暮らすかもしれない。もう、ここにいるの、耐えられないし」

「………」

泉は僕をじっと見つめ、そしてふいに立ち上がった。

「じゃあ、おやすみなさい」

僕が何か言おうとするのを聞くまいとしているかのように、泉は急いで部屋を出ていった。

ドアの閉まる音が、自分の首を切るギロチンの刃が落ちるように、僕の胸に響いた。

言わなくてはならない言葉は、いっぱいあった。どうしても泉に言わなくてはならない言葉。それがひとつも言えなかった。

せめてひとこと、「行くな」と言わなくては。言わなきゃ……。

僕は部屋を飛び出し、泉の部屋のドアを叩いた。

返事は、ない。

「ねえ、泉、開けてよ」

返事は、ない。

「僕……言いたいことがあるんだ」

返事は、ひとこと。

「ごめんね」

ドアを叩こうとする手が、止まった。泉のひとことはあきらかに拒否の言葉だった。

僕はそのまま、部屋に戻った。明日、もう一度冷静になって、泉と話し合おう。

浴室でシャワーを思いっきり熱くして、体に浴びせた。それでも、いやな気分はおさまらなかった。


翌日、僕はひとりきりで朝食をとった。

千秋さんのベーコン・エッグが、おいしく感じられなかった。まるで、温めた紙を食べているみたいだった。昨日は、どうしても眠れなかったのだ。

学校でも、ほとんど死んでいた。勉強なんかに身が入るはずもなく、一日中、ぼうっとしていた。

無為な授業を終えて、校門を出た。午後三時半。ポプラの葉がアスファルトに薄緑の影を落とす午後の道を、僕は憂鬱な気分で歩いた。

学校の塀が途切れる所で、深見警部が待っていた。

「出張旅費って、意外とすんなり出るんですね」

僕の皮肉に警部は苦笑しながら、

「いや、君と話したくなってね。どこかで、お茶でも飲もうか?」

「通学途中の買い喰いは、校則で禁止されてるんですよ」

「つまらん校則だな。しかし、警察官が同席するんだから、いいだろう」

僕たちは、並んで歩き始めた。

「ここは、いい所だね。都会なのに閑静だ」

警部が言った。

「都会じゃありませんよ。この市ではかなり田舎になります。つい五年前まで、ここ一帯は竹林だったそうですから」

「うちに比べりゃ、都会だ。今バス停の時刻表見て驚いたよ。五分置きにバスが来るじゃないか。※※村じゃ二時間に一本だ」

「ここじゃ、それが田舎の証明です。都心には地下鉄が走っているから、バスはかえって少ないんですよ。ああ、ここだ……」

僕がふいに立ち止まったので、警部は不思議そうに辺りを見回した。

「ん?　どこにも喫茶店はないようだが」

「いいえ、そうじゃないんです。ここが、僕が初めて小林と会った所なんですよ」

僕が立ち止まったのは、郵便局の前だった。

「いや、違うよ」

警部は小さく首をふった。

「君は十年前、君と御両親が住んでいたあの別荘で、伸吾と会っている」

「そうかもしれないけど、僕は覚えていませんね」

「だろうね。君はまだあのとき意識はあっても何も話せない状況だった。君は何も話せなかったし、こちらが話しかけても何の反応も示さなかった。ただ震えながら指に巻いた包帯をしっかり噛んで放さなかったのを覚えているよ」

警部は自分の子供の思い出を話すように、僕のことを語った。

「あまり、気分のいいもんじゃないですね。自分の知らない自分の昔話をされるのは」

僕は郵便局の交差点を、いつもの道とは逆に曲がった。その先に、僕がまだ行ったことのない喫茶店がある。顔見知りの店で、警官と話をしたくはなかった。

「で、僕と話したいことって、何ですか？」

喫茶店の椅子に腰かけると、僕は尋ねた。僕の態度は、自分でもわかるほど高飛車だった。脅えのあまり、つい防御的になってしまうのだ。警部はそんな僕にいやな顔もせず答えた。

「今までの解剖結果では、伸吾の死亡推定時刻は二日の午後七時から八時半ごろということで、君の話によってそれが午後八時五分から八時半までとせばめられた。ところがもうひとり目撃者がいたんだ。あの死体発見場所に近い別荘にいた年寄りでね、あの日、伸吾と同じ背恰好の男を見かけていた。あの髯もしっかり覚えているそうだ」

「いつのことです？」

「二日の午後八時十五分すぎだ」

「八時十五分……。その別荘から死体のあった場所まで、どれくらいですか？」

「歩いて、三分ほどだ」

「では、そんなにおかしくはないじゃないですか。小林はやっぱり、あそこに着いてすぐに頭を殴られたんだ。たぶん、相手は待ち伏せしてたんですね」

「それは、そうかもしれん。だが、君たちの別荘からあの現場までは歩いて二十分ほどだったろ？　伸吾がもし歩いてあそこまでやってきたとしたら、時間が合わなくなってくる」

「車は？　彼はおんぼろのジープを持っていましたよ」

「あの車なら、事件のあった日の朝から駅前の駐車場に放置されていた。その日は動かした様子はないから、役には立たんよ」

「では、後は犯人の車に乗せられたとしか思えませんね」

「だろうね。その線で今、聞き込みをしているんだが……」

警部は面白くなさそうに水のコップをもてあそびながら、言った。

「で、君に訊いてみようと思ったわけさ」

「どうして、僕に？　僕にわかるわけないじゃないですか」

「君は伸吾と最後につきあっていた人間だ。何か手がかりでも知ってはいないだろうか、と考えたんだ。どうだ、伸吾の行動に何か心当たりはないかね？」

警部はすでに気づいているのかもしれない。そのうえで、僕に探りをいれているのだ。僕は警戒しながら、答えた。

「やっぱり、わからないですね」

警部は僕をじっとみつめた。心の奥まで見透かされそうな視線だった。僕はいごこちが悪くなってきて、手元のコップの水を飲み干した。

「僕は、伸吾に悪いことをしたと思っている……」

ふいに、警部が話し始めた。

「あいつがやりたいことにまるで気づかず、自分の望みだけを押しつけてきた。僕に本当の息子がいたらこうしていただろうと思えることを、伸吾に強要してきたんだ。今度のことは、その僕の傲慢さからきたものかもしれない。そう思えてしかたないんだよ。だからその罪ほろぼしのためにも、犯人を僕の手であげたいんだ。浪花節《なにわぶし》と言われてもいい。僕は僕なりにけじめをつけたい。わかるだろ？」

僕はうなずいた。うなずかざるをえない状況だった。深見警部は沈痛な表情で僕に話してきた。まるで自分の罪を告白しに懺悔《ざんげ》室にきたクリスチャンみたいに。

僕の苦手なタイプだ。

「だからこそ、君に教えてほしいんだ。僕の知らない間に伸吾がしてきたことを。そして伸吾を死なせてしまったものを探り出したい。協力してくれるね」

どこかで一度経験した状況だな、と思っていたら、すぐ思い出した。あの日、病院からの帰りの公園で、小林に両親の事件を捜査することを持ちかけられたとき、小林が僕を誘ったやりくちとそっくりだ。相手の弱い所を攻めて、自主的に協力したような気にさせる。とても陰湿な進め方だ。

「僕にできることなら、協力もしますけど」

僕は慎重に言葉を選んだ。

「でも、小林の言動は、僕にはもう理解できません。あの脅迫文にしても、なぜ彼があんなことをしたのか、僕にはさっぱり見当がつかないんですから」

「ああ、あれね」

警部はしたり顔で答えた。

「今朝、伸吾のアパートを捜索したら、例の手紙のワープロ文が出てきたよ。もっとも、あの、なんて言ったっけ……ふろ……ふろ……」

「フロッピーですか?」

「そうそう、そのフロッピーに入っていたのをみつけたんだがね。伸吾が打ったことに間違いはないようだ。で、僕は考えてみたんだが、あの脅迫文めいた手紙は、君を挑発するのが目的だったんではないだろうかね」

「僕を? なぜです?」

「君の記憶を取り戻させるためさ。てっとり早く言えば、ショック療法だな。君をのっぴきならないところへ追い込んで、心の底に埋まっている記憶を飛び出させてやろうとしたんだよ」

なるほど、ショック療法か。それは案外いい線かもしれない。

「でも、どうしてそんなことをしたんでしょうね?」

「これも僕の想像だが、伸吾の書こうとしていた本のためじゃないかな。伸吾の部屋には資料がたくさん残っていたが、その草稿の中に『中沢祥子殺人事件』と名づけられたファイルがあったんだ。それには例の事件の捜査資料や当時の新聞と雑誌の記事、それから関係者の経歴なんかもまとめてあったんだ。その中に君の経歴もあった。その君の項目には『本編の主人公』と書いてあった。わかるかね、伸吾はあの事件を書くのに、君を中心に置くことを考えたんだ。両親が死に、あるいは傷つき、そして自分自身も記憶を一切失った少年。彼の視点から今度の本は書かれるはずだった。失われた過去を求めて事件の渦中に入る彼の活躍を伸吾は描くつもりだったんだろう。だからこそ、伸吾は君が成長するまで直接接触してこなかった。君が主人公にふさわしい分別を身につけるまで、待ったんだよ。そしてその本のラストには、もっとも効果的なシチュエーションを用意していたんだ」

僕には警部が何を言いたいのか、やっとわかった。

「つまり、僕が記憶を取り戻すシーンですね」

「そう、最後に君はすべてを思い出し、この事件に終止符を打つことになっていたんだ。これほど感動的な話はないよ。出版したら、ベストセラー間違いなしだね。そのために、あんな馬鹿な脅迫文まで用意して、君を挑発し続けたんだ」

「ひどすぎる！」

僕は思わず叫んでいた。

「どうして？　僕の考えがそんなにおかしいかね？」

「いいえ、警部さんの推理はたぶん正しいと思いますよ。僕がひどすぎると言ったのは、そんなことじゃない」

言いながら、僕は怒りで顔が火照ってくるのを感じていた。

「小林のやり方が、ひどいっていうんです。僕をさんざん引っ張りまわしておいて、あんなへんてこな脅迫文まで作って、それで僕をだしにした本を書こうなんて、馬鹿にしてますよ。僕を何だと思っていたんだろう。まるで台本を見せられないまま舞台に立たされた役者みたいじゃないですか」

思いっきり小林のやり口を罵倒した後も、僕の中で黒い怒りが燻《くすぶ》り続けた。一時でも彼に心を許していた自分が情けなかった。だまされまいと思いながら結局いいように手玉に取られた自分が、馬鹿みたいだ。

僕の怒りが次第に静まるのを待って、深見警部は言った。

「君の怒る気持ちはよくわかるよ。しかし、もう死んでしまった者を悪く言わないでくれ。奴は奴で、本気になって事件を探り出したいと思っていたんだからね」

「それはあの男の勝手です。自分の功名心のために他人の気持ちをもてあそぶなんて、許されていいはずが、ない」

　僕の剣幕に、警部は肩をすくめて答えただけだった。

「まあ、君の気持ちは別としてだね、僕は伸吾を殺した犯人を捜し出さなきゃならない。彼が殺されたのは、君の事件に係わっていたせいだということは、間違いなかろう。誰かがあの事件の真相を明らかにされることを、恐れたんだ」

　僕は答えなかった。怒りがまだ冷めていなかったし、警部の言いたいことが想像できたからだ。

「ということは、だ。あの事件の真相というのは、今まで信じられてきたものとは違うわけだ。我々は、そこから始めなくちゃならない」

「………」

「そこで、もうひとつ君に協力してほしいんだ。何か、ほんのささいなことでもいい。あのときのことで、何か思い出さないかね？」

　同じだ、何から何まで小林と同じことをくり返そうとしている。僕の協力をとりつけ、僕から記憶を引っ張り出そうとする。

　僕はお義理に少しだけ考えるふりをして、言った。

「……だめですね。僕はやっぱり何も思い出せない」

嘘をついているわけでは、ない。本当に、まだ僕の記憶は霧の中だ。だが、もし思い出せたとしても、僕は他人にそれを教えたりはしないぞ、と僕の中の強情な部分がへそを曲げている。

警部は僕をじっと見つめたまま、何も言わなかった。その眼は僕を疑っていたが、僕が嘘をついていることを証明するものがなくて、焦っているようにも見えた。

ひょっとしたら、警察に連れていかれるかもしれないな、と僕は思った。テレビドラマで見た、警察の取調室の風景が浮かぶ。粗末な机を前に小さくなって座っている僕と、身を乗り出して僕を尋問する深見警部。僕の想像力は貧弱だが、気の滅入る光景だった。

僕はそれでも何も言わなかった。このまま彼の言う通りにするのも癪だったし、また他にどういう嘘を言ったらいいのか、わからなかったからだ。

そのまま、じっとふたりは顔を見合わせたまま、黙り込んだ。店の隅に置かれたスピーカーから流れ出す有線の演歌が、ひときわ大きく僕の耳を打った。くそっ。演歌を流す喫茶店なんて、二度と来ないぞ。

「わかった」

急に警部が言って、肩の力を抜いた。

「今日のところは引き上げよう。もしどうしても話したいことができたら、僕の所へ電話してくれ。いつでも、君の相談にはのるからね」

警部はそう言うと、メモに自分の部署の電話番号を書いて、僕に渡した。

彼の手がだいたい読めた。典型的なお涙頂戴。演歌の世界。僕のもっとも嫌いな分野だった。この警部自身は悪者ではないけれど、けっして彼に相談する気にはなれないだろうと思った。

「では、時間を取らせたね」

警部はテーブルのレシートを取って、席を立った。ひとりでレジに行き、勘定を済ませ、そして領収書をもらっていた。

店の扉を開こうとして、一瞬立ち止まる。また例のいきなり攻撃だな、と思ったら予想通り、彼は僕の方をふり向いて、

「そうだ、ひとつ訊き忘れていた。伸吾が最近怪我をしたとかそんな話はしていなかったかね？」

「なんですか、それは？」

「いや、伸吾の腹部にちょっとした傷があったんだよ。死亡時についたものじゃない

が、ごく新しいものだ」

「盲腸でも手術したんですか？」

僕自身、あまり上手いとは思えないジョークに、警部はにこりともせず、

「そんなものじゃないよ。もっともよく似てはいるがね。あれは間違いなく、刃物による切り傷だった。それもナイフのようなもので刺された痕だ」

最近刺された痕……。何かを忘れているような気がした。

そして、思い出した。

あの雨の日曜に小林と電話でしたやりとりを。あのとき、小林は怪我をして痛くて動けないと言っていた。もしかしたら……。

僕は警部に僕の動揺が悟られなかったかと相手をうかがった。彼は僕の顔色の変化を読み取ったようだった。

「どうしたね。心当たりでもあるのかね？」

「いえ、何も……」

僕は当然、警部がさらに追及してくるものだと覚悟していた。しかし、警部は満足そうな笑みを浮かべて、

「そうか、じゃ、時間を取らせたね。また」

と、ドアを開けて出て行った。

警部は気づいたろうか。僕が今、ある疑惑を抱き始めたということを。確かめるまでは、誰にも覚られたくはないのだが。

喫茶店を出たところで、歩道沿いの電話ボックスから出てきたひととぶつかりそうになった。

そのときだ。伝言電話のことを思い出したのは。

小林が死んでから、あの電話のことはすっかり忘れていた。だが、ひょっとしたら……。

僕は電話ボックスに入り、例の電話番号をプッシュした。

――やあ、これから敵の大将に会いにいくよ。敵は強いが、なあに、正義はこちらにあるんだから、大丈夫。ひょっとしたら君のことを洗いざらい話してくれるかもしれない。なんたって、俺は切り札を用意しているんだからな。君にはちょっと辛いことになるかもしれんが、一人前になるための試練だと思ってくれ。それからこの電話を盗聴しているピーピング・トムちゃんにも一言。下手な考え休むに似たりってね。おかしな真似をすると、怪我するぞ。わかったら、もう俺たちのラブコールの邪魔はしないでくれよな。ではでは。

まさかと思ったが、間違いなく小林の声だ。とんでもないところにダイイングメッセージが残されていたものだ。

しかし、おかげで僕の疑惑は確信に変わってしまった。それは、僕にはとても辛いことだった。

25

帰ってみると、泉はいなかった。

「病院へ行ったのよ」

叔母は腫《は》れぼったい眼をしていた。たぶんついさっきまで寝ていたのだろう。

「そんなに悪いの？」

「ううん、でも用心にこしたことはないからって」

なんとなく、僕を避けるために出ていったような気がした。そう思うと胃のあたりに重りがぶら下がったような、嫌な気分になった。

だが、今はそんなことより、急いでしなければならないことがある。僕は叔母に尋ねた。

「ねえ、叔父さんは今日どこにいるのかな?」

「さあ、いつもいつも仕事のスケジュールを教えてくれるわけじゃないし。あまり仕事に干渉したくないものね」

干渉しない、と言うより興味がないのだろう。

「誰に訊けばわかるかな?」

「そうね、秘書室の山田さんならわかるでしょうけど。でも、いきなりどうしたの?」

「うん……、ちょっと、ね」

僕は自分の部屋から胡蝶ホテルの本社に電話して、秘書室に回してもらった。

「社長は只今、本社にいらっしゃいます」

山田さんは、アナウンサーみたいにきちんとした話しかたをした。会ったことはないが、たぶんきれいなひとなのだろう。

「連絡とりたいんですけど」

「今は海外からのお客様をお迎えして会議に入っておられますので、ちょっと」

「では、伝言してください。裕司がどうしても話したいことがあると。今日会いたいので、都合のいい場所と時間を指定してほしいって」

「かしこまりました」

電話を切ってはじめて、自分が汗をかいていることに気づいた。こんなことでは、もしすぐに叔父と話ができる状況だったら、どうなっていただろう。焦ってしまってろくに話もできないではないか。落ち着けよ。

そのまま電話の前から離れる気にもなれず、僕は自分の部屋から出られないまま、時間をつぶした。

泉が帰ってきた気配があった。すぐにでも話をしたかったが、できなかった。今僕の中に溜まっているもやもやをすっきりさせない限り、泉と冷静に話をすることはできないような気がしたからだ。

だが、もし僕の想像が当たっていたとしたら、そのときは……。

電話のベルがけたたましく鳴って、僕は飛び上がった。叔父からだろうか。受話器を取ろうとして一瞬躊躇した。と、誰かが先に受話器を取ったらしく、ベルが停まり通話中の青ランプがついた。僕にまわされてくることを期待しながら、その青い光を見つめた。

しかし、一分たっても僕の部屋のベルは鳴らず、そのまま切れてしまった。なんだ、他の電話か、と僕が溜息をついたとき、ものすごい勢いで階段を駆け上がる音がして、僕の部屋がノックされた。

ドアの外に、千秋さんの青ざめた顔があった。

「すぐ来てください。旦那様が大変です」

千秋さんの声はかすれ気味で、拳は強く握られていた。僕は緊張した。

「どうしたの？　何が――」

「旦那様が会社でお倒れになりました。今、金子先生の病院に運び込まれたそうです」

病院に向かう車の中、僕たちは黙り込んだままだった。

僕と叔母、そして泉。誰も一言もしゃべらなかった。みんな車の進行方向を見つめ、そうして見つめていればそれだけ早く目的地に着くと信じているみたいだった。僕もそうしないではいられなかった。

泉とは、まだ何も話していない。僕の隣で彼女は、まるで息をしていないかのように凍った表情でいた。僕は肩に手をかけようとして、やめた。泉は今、すべてを拒否している。僕でさえ、彼女のいる所へは行けない。

郊外の病院は、夕焼けに染まって燃えていた。硝子窓に赤い夕陽と真っ黒な雲が映って、不吉な姿をさらしている。

自動ドアの向こうに、背の高い女のひとが立っていた。

「はじめまして、山田です。社長の病室は三階の三一一号です」

山田さんは事務的にそう言うと、さっさと歩き出した。僕たちは慌てて後をついて行った。

「あのひとの様子は?」

エレベーターの中で、叔母が尋ねた。

「よくわかりませんが、あまり楽観的にはなれないようです」

メタルフレームの眼鏡の下で、山田さんの切れ長の眼が一層細められた。だがそれだけで、ほとんど表情は変わらない。よけいな動揺を必死に抑えているのか、それとも、もともとそういう性格なのか、僕にはわからなかった。

「いったい、どうしてこうなったんでしょうか?」

叔母はさらに尋ねた。そんなこと、秘書に訊いても無駄なことだが、叔母は尋ねないではいられないのだろう。

「それも、お医者様に訊いてみないことには、なんとも言えません」

山田さんの答えは至極当然だった。でも、叔母は納得できなかった。

「どうしてこうなったのか、わからないの？　あなた、秘書でしょ」

山田さんは答えない。毅然とした態度のままだ。たぶん心の中でこう言っているのだろう。

そう。で、あなたは妻でしょ。どうしてこうなったのか、わからないの？

「倒れたときの状況を教えてもらえませんか？」

いつまでも叔母のヒステリーにつきあわせるのが悪い気がして、僕が尋ねた。山田さんは僕の方を見て少しだけほっとした表情になり、

「四時すぎのことでした。会議が終わったので裕司様からの伝言をお伝えしました。社長は裕司様への返事を私にメモさせようとして、ふいに頭痛を訴えられ、とても立ち上がれない状態になりました。すぐに救急車を呼んで近くの病院に収容しようとしたのですが、社長がどうしても金子病院に行くようにと言われたので、こちらにまわしたわけです」

エレベーターのドアが開いた。

「裕ちゃん、いったいあのひとになんて伝言したの？」

叔母は詰問するような口調で訊いた。

「……別に。ただ今日会って話したいことがあるんで、連絡したかっただけです」

「何の話？」

「それは……、進路のことですよ」

「ほんとにそれだけ？　そんなことだけを聞いて、あのひとは倒れたの？　まだ他に何か言ったんじゃない？」

「いい加減にしてよ！」

泉がこの病院にきてはじめて、声をあげた。

「裕ちゃんのせいで、パパが倒れたって言いたいの？　ママは」

「いえ、別にそんな……」

娘の剣幕に押されて、叔母はたじろいだ。

「ここです」

僕たちのいさかいにも無関心な山田さんが、言った。僕たちは三一一号室の前に来た。

ドアには「面会謝絶」の札がぶら下がっている。そのドアの前に、金子院長が立っていた。

「先生――」

「いや、大丈夫です」

　叔母が何か言い始める前に、院長は答えた。僕たちを見て必死に「威厳のある名医」を演じようと努力しているようだった。だが、血の気の失せた顔が、その努力を虚しくしていた。

「真二郎氏は意識もしっかりしているし、特に深刻な症状も出ていません。恐らく軽い脳貧血ではないかと思われます。大丈夫、すぐよくなりますよ」

　汗の浮いた額を撫でながら、院長は言った。いかにも安請合《やすうけあ》いな答えかただった。

「山田さん、叔父が倒れたとき、顔色はどうでしたか？」

　僕は院長の口上を無視して訊いた。

「はい、倒れてすぐ充血したように真っ赤になられました」

　やばい、と思った。脳貧血なら顔色は青くならなければならない。山田さんの言う通りなら、叔父は脳出血を起こしている。

　こんな家庭の医学レベルの知識も持ち合わせていないのだろうか、と僕はあきれて院長の方を振り向いた。院長は、僕の気持ちを感じたのか、不機嫌な顔で僕をにらみ返してきた。

　叔母や泉には、僕の考えは言わないでおこうと思った。むやみに心配をかけさせるのはよくない。

院長は居心地が悪くなったのか、別の患者が待っているからとか何とか低く呟くと、そそくさと姿を消した。僕はその後ろ姿を見つめながら、院長を脅えさせているのは何だろうか、と考えた。だが、わからない。それを知っている人間はこのドアの向こうで、大勢の医師や看護婦に囲まれているはずだ。

その夜、僕たちは病院に泊まり込むことにした。こういう場合がよくあるのか、ちゃんとつきそいのためのベッドルームがあって、寝泊まりできるようになっているのだ。しかし、僕たちはそこで寝なかった。ロビーの椅子にかけたまま、叔父のいる病室のドアを見つめていた。

ロビーは静かだった。ときおり入院患者がトイレに行くほかは、誰も通らない。患者の立てるスリッパのぺたぺたという音が、やけに大きく聞こえた。テレビも用意されていたが、誰もつけようとはしなかった。蛍光灯の白っぽい光の中で、僕たちはどうすることもできずに、いらだたしく時間を過ごした。

ふいに病室のドアが開き、看護婦が出てきた。叔母が問いかけようとしたが、硬い表情の看護婦は僕たちの存在など見えてもいない様子で、廊下の端に消えた。

軽く肩を叩かれて振り向くと、山田さんがコーヒーの紙コップを持って立っていた。

僕はそれを受け取り、口をつけた。喉から胃にかけて温かい刺激が流れ、気分がすっきりした。

「ありがとう」

「どういたしまして」

見ると、泉と叔母の前にも紙コップがある。だが、手をつけた様子はない。

「山田さん、もう帰っていいですよ。僕たちはともかく、山田さんまでつきあうことはないでしょう」

僕が言うと、山田さんはにっこり笑って、

「ありがとう。でもわたしも心配ですから。それに会社としても誰かひとりついていて社長の容体を知らせてくれなくては、明日からの業務に影響してしまいますものね」

山田さんは僕の前に座って、自分のコーヒーを飲んだ。

「裕司さん、でしたね？」

「はい」

「あなたのことは、社長から聞かされていますわ」

そう言いながら山田さんは、僕を面白そうにながめた。どこかで見たような顔だな、と思った。どこか――。

わかった。母だ。僕の母、中沢祥子そっくりなのだ。これは偶然だろうか。

自分の発見に気を取られ、僕は山田さんの言葉を聞きそびれた。

「え、何ですか？」

「言われるほど、怖い感じはしないですね」

山田さんは、少し笑った。

「怖い？　僕が？」

「ええ、社長が前にそんなことをおっしゃっていましたの。『俺が怖いのは、甥っ子だけだ』って。だからてっきりツッパリ君かと思っていたんですよ。でも、誤解が解けたわ」

叔父が僕を恐れていた。そんなこと、少しも知らなかった。だが、その言葉が僕の推理をまた少し補強したような気もする。できれば、今すぐにでも叔父と話をしたかった。

僕の方を見て、山田さんがまた小さく笑った。

「何ですか？」

僕は少し不機嫌な声で訊いた。

「ごめんなさい。でもそうして考え込んでいると、そっくりなんですもの」

「え?」

「社長とけっこう似てるみたい」

僕には、嬉しくない言葉だった。

叔父の病室から医師が出てきたのは、深夜の一時をまわった頃だった。

僕たちが立ち上がって待っているのを見て、長身の医師はすこし気後れしたようだった。まだ若くて端整な顔立ちをしている。その整った顔に疲労の影が宿っていた。

「先生、どうなんでしょう?」

叔母もおどおどした様子で尋ねた。悪い報せを聞かされそうで、恐れているみたいだった。

「軽い、クモ膜下出血です。本人も意識が比較的はっきりしているので、今は大丈夫でしょう」

叔母はほっと溜息をついた。

「ただ」

と、医師の硬い声がその溜息を途中で止めた。

「再出血の危険があります。もし今度出血したら、危ないと思っていただきたい」

ロビーの中が緊張した。

「なんとか、できないでしょうか」

叔母の声は悲鳴に近かった。

「わたし、そんなの、やだ……！」

「我々もできるだけの手は尽くします」

医師はそう言うと、僕の方に向き直って、

「裕司君、だね」

「はい」

「真二郎氏が会いたがっている」

「面会できるんですか」

叔母が身を乗り出した。

「いえ、いまだに面会謝絶です。だが、本人がどうしても裕司君と会いたいと言っているので」

医師の顔が曇った。

「本来ならば許可できないのだが、院長の指示でもあるし……。それに君の叔父さんは一度言い出したら、後に引かないタイプらしいね」

　僕は叔父の部屋に向かった。ふり向くと、暗い表情の泉と、どうして自分が呼ばれなかったのかと恨めしそうな顔をした叔母が、僕を見ていた。

「面会謝絶」の札を眼の前にしながら、僕は少しためらい、そして、ドアを開けた。中には三人の看護婦がいた。忙しそうにベッドのまわりを動いている。そのベッドから腕が伸びてきて、軽く振られた。看護婦たちは心配そうにベッドをふり返りながら、僕と入れ違いに部屋を出ていった。

　そのベッドに横たわっているひとを見て、僕は思わず声をあげそうになった。雄一郎だと思った。もう十年もこの病院で眠ったままの父がそこにいると思った。だが、そうではない。シーツから顔を出しているのは、間違いなく叔父だった。ただ、あまりに父と同じ雰囲気をもっていたので、勘違いしてしまったのだ。

　父と同じ雰囲気。それは死の臭いだった。死にゆく者が持つ絶望の臭いが、叔父のまわりから漂っていた。僕はそのとき、叔父が死につつあることを実感した。

　叔父は僕の方を見た。ひどくゆっくりした動作だった。霞んだ眼を細めて僕に焦点を合わせ、そして、笑った。とても弱い笑みだった。

「やあ、坊主」

僕は叔父の言葉に答えた。

「やあ、お父さん」

26

「どうしてわかった？」

叔父の声はかすれていた。今までのような、自信に満ちた張りのある声ではなかった。

「ちょっと、かまをかけてみただけです。でも、当たっていたみたいだ」

僕は答えた。

「別荘で母の昔の知り合いに会いました。彼女が教えてくれたんです。僕が山本雄一郎の本当の子供ではないことを。雄一郎は子供を作れない体でした。でも胡蝶コレクションを相続する息子がどうしても必要だった。そこで母と結婚し、母に他の男の子を生ませて自分の子として育てたんです。それが、僕というわけ。

でも、雄一郎が本当の父親でないとすると、僕が少しでも雄一郎に似てるというのもおかしな話でしょ。血もつながっていないのに。その矛盾を解く説明はただひとつ。

僕の本当の父親は雄一郎ではないとしても、雄一郎の血縁には違いないということです。つまり、叔父さんというわけです」

「そうか、やるもんだな」

鼻に差し込まれた管とそれを固定しているテープのせいで、叔父の顔は引きつっていた。その顔をさらに引きつらせて、叔父は微笑んだ。

「ついでに十年前の事件、あれは父、じゃない雄一郎が母を殺したんだということもつきとめました」

「なるほど、名探偵ってわけだ。しかし、どうやって殺したんだ？」

痰がからむのか、叔父の言葉にごろごろという濁りが混じっていた。僕は何か痛ましい気持ちでそれを聞いた。

「それはたぶん、叔父さんも気づいていると思いますがね」

僕は自分の推理した密室のトリックと、アリバイ工作について説明した。

「雄一郎の書斎に古典的なミステリが何冊かあった理由も、これでわかりました。トリックを考え出すために勉強したんですね」

「そうか、ドライアイスを使ったのか。そこは気づかなかったな」

そう言うと、叔父は眼を閉じた。そのまま開こうとしない。

「叔父さん？」

呼びかけると、叔父は眼を開いた。

「今度にしましょう。もう寝たほうがいい」

「大丈夫だよ。君ととことん話をつけるまで、まだ眠るわけにはいかん」

叔父は無理に眼を見開いた。

「後に延ばす余裕は、ない」

僕の方を向こうとして、叔父は頭を動かした。しかし、どうしても首をふることができなかった。僕は叔父のすぐそばまで寄っていった。

「俺が祥子に会ったのは、まだ高校生の頃だった。兄貴のまわりにいる取り巻きのひとりでしかなかった。だが、彼女には他の人間が持っていないような輝きがあった。兄貴はその祥子を、ほかのひと山いくらの女どもと同類にあつかっていた。俺はくやしかった。親父は兄貴にばかり期待して、俺のことはほとんど無視していたし、兄貴は兄貴で役にも立たない小説を書き散らしているばかりで、勉強もしない。そんな奴にあれほどの女が惚れているかと思うと、くやしさで眼がくらむくらいだったな。俺には芸術的な才能はないかもしれん。しかし、親父が作り上げた胡蝶ホテルを、もっと大きな企業体に育てあげる自信があった。俺は必死で勉強し、いつか祥子をふり向かせてやろうと思った。

俺の努力をわかってくれたのか、親父は事業の後継者に俺を指名した。自分が死んだら適当な時期をみて、俺に胡蝶グループをまかせるという遺言を書いたんだ。親父は兄貴をかわいがっていたが、さすがに経営者としては失格だと思っていたんだろう。俺は兄貴に勝ったと思った。胡蝶グループを手にすることは、親父の遺産をすべて手に入れることだ。兄貴に残される美術品なんて、遺産全体からすれば小さなものだった。

だが、俺が胡蝶グループを手に入れる前に、兄貴と祥子は結婚した。

俺はあきらめた。それで美佐と結婚し、祥子のことは忘れようとした。仕事は忙しくて、実際俺は祥子のことなど忘れかけていた。

そんなある日のことだ。祥子から俺に誘いがあったのは。

結婚以前、彼女は俺があからさまに接近しているのを、ほとんど無視していた。まるで歯牙にもかけない感じでね。それがそっと俺に会いたいと電話してきたんだ。俺は自惚《うぬぼ》れたね。いそいそして会いにでかけたっけ。

会った途端、彼女はなんと言ったと思う？

『これから毎週、会ってちょうだい。ホテル代はわたしが持つわ』

そのときは、祥子の心変わりの理由がよくわからなかった。だがきっと、早くも夫婦の間がうまくいかなくなったんだろうと思って、気にもしなかった。俺たちはそれから、毎週会った。

そんな状態が半年も続いたろうか。突然、祥子がもう会わないと言い出したんだ。俺は焦った。もう彼女と結婚できると信じて、兄貴との離婚準備をさせようと思っていたくらいだったからな。理由を問いただしてみたが、ひとこと『もう飽きたのよ』と言っただけだった。

俺はわけのわからないまま、祥子に捨てられた。彼女が子供を生んだと知ったのは、それから半年後のことだった」

叔父はそれだけしゃべると、また眼を閉じた。そのまま息を整えるようにしていたが、また眼を開いて、話し始めた。

「これほど自尊心を傷つけられたことはなかった。いつかあの夫婦を自分の足元にはいつくばらせるつもりだった。そのためだけに、グループを大きくしてきたと言ってもいい。そして計画通り、胡蝶グループは成長した。兄貴は生活を破綻させ、俺に頭をさげて胡蝶グループに戻ってきた。俺はやはり、兄貴に勝っていたんだと思った」

叔父の喉が苦しげに動いた。僕は医者を呼ぶべきだと思った。だけど、呼べなかった。叔父の話を、途中でやめさせるわけにはいかなかったからだ。

「例の日のことを、話さなきゃならんな。

あの日の一週間前に、俺は兄貴から電話を受けていた。祥子のアルコール依存症がひどくてどうしようもない、とあのプライドの高い兄貴が泣き言を言ってきたんだ。俺は内心ざまを見ろと思ったが、そのときは心配するそぶりを見せて、一週間したら様子を見に行くと答えた。

約束で六日の夜に兄貴の方からうちの別荘に来ることになっていた。だが、俺は祥子の様子が気になってしかたなかった。今なら兄貴がいないというすけべ心もあったと思う。だからそっと彼らの別荘に向かったんだ。それが午後二時頃だったろう。別荘の扉は開いていた。俺はそっと中に入り、見回してみたが、誰の姿もなかった。変に思って二階の階段を登ったところで、自分の部屋から出てきた兄貴と鉢合わせしてしまった。俺も驚いたが、兄貴の驚きはもっとすごかった。

俺が言い訳をするより早く、いきなり兄貴は襲いかかってきた。俺を押し倒し、馬乗りになって首を締めあげてきた。眼つきが普通じゃなかった。まるで、憎悪の塊だった。口の端に泡をためて、わけのわからないことを叫びながら俺を殺そうとした。俺は必死で兄貴の腕を振りほどこうとした。ふたりは倒れたまま床を転がり、そして、階段から落ちた。

階段の隅で頭を打って、俺はしばらく気を失っていたようだった。気づくと、階段の一番下まで落ちていた。そっと立ち上がったが、たいした怪我はしていなかった。すぐ横に、兄貴が倒れていた。

落ちる途中で頭を打ったらしい。額が割れて、血が流れていた。てっきり、兄貴は死んでしまったのかと思った。だが、よく見るとかすかに息をしている。どうやら失神しただけだとわかって、俺はほっとした。

時刻は、もう八時をまわっていた。俺は六時間ちかくものびていたらしい。ふと見ると、廊下の隅に男の子が立っていた。何も感じていないような茫然とした表情で、兄貴の方を見ていた。俺が近くまで行って話しかけても、何の反応もない。ただ立ちつくしているだけだった。

それが君との初めての出会いだった」

「それまで、僕に会ったことはなかったんですか?」

僕は尋ねた。叔父はかすかに首をふった。

「会う気もなかったからな。俺にとっては、不本意な子だったから」

叔父はまた黙り込む。自分の言葉が僕に与えた影響をたしかめているみたいだった。

叔父は軽く咳き込んだが、また話し始めた。

「俺は兄貴が何をしたのか、そのときにはまるでわからなかった。なぜ俺に襲いかかったのか。君をどうしてしまったのか。そして祥子はどこなのか。

俺は祥子のことだけが心配だった。痛む頭をおさえながら、俺は別荘中を捜しまわった。すると二階のひと部屋だけに、鍵をかけてあった。俺はそのドアを叩いた。だが返事はない。焦って思いっきり叩きはじめ、最後にはドアを蹴やぶろうとまでした。しかし、ドアは意外に頑丈で、とうとう開けることができなかった。

どうしても援軍を呼んでくるしかなかった。兄貴を失神させた件を調べられるかもしれないが、俺は正当防衛をしたまでだ。兄貴が眼をさまして事情を喋ることができれば、きっと俺のしたことが正しかったと理解してもらえる。そう自分にいいきかせて、俺は警察に電話した。

だが通報したあとになって、俺は自分の考えが甘かったのではないかと、不安になってきた。兄貴がいくら起こそうとしてみても、意識を取り戻す様子がなかったからだ。

ひょっとしたらこのまま死んでしまうのではないか。とすれば、俺は過失致死ということになる。たしかに兄貴の方から襲ってきたのだが、死んでしまってはそれを立証できない。たとえ俺の無実が証明されたとしても、胡蝶グループには計り知れないダメージを与える結果になるだろう。グループの総帥が実の兄を死なせてしまったというわけだからな。

俺は自分の軽率をくやんだ。しかし、いまさら警察に来てくれるなとは言えない。しかたなく、できるだけ傷を小さくするように警察に言うときの嘘を考え、パトカーがやって来ると、その通りに報告した。警察は俺の身分を知ると、ほとんど俺の言うことを鵜呑みにした。そして、二階の部屋を開き、死んでいる祥子を発見したんだ。

祥子の死体を見たとき、これは兄貴の仕業だとすぐわかった。兄貴は俺と祥子のことを知って、彼女を殺したんだ。そしてちょうどやって来た俺も殺そうとした。ひょっとして、今日予定通りに兄貴と一緒にこの別荘へ来たとしても、同じように兄貴に殺されそうになったかもしれない。

だが、警察の見解は違っていた。祥子が兄貴を殺し、自分は自殺したと考えていたんだ。その根拠となったのが、祥子の部屋が密室だったという、とても幼稚な事実だった。あの別荘はもともと親父が建てたもので、俺たち兄弟も子供の頃から遊びに来ていた。だからあの部屋の窓から樫の木に飛び移れることも知っていた。祥子を首吊りにする方法についてはわからなかったが、頭だけはいい兄貴のことだ。何か奇抜な方法でもあったんだろうとあまり深く考えなかった。

俺はあえて警察の誤解を解こうとはしなかった。そのほうがこちらも好都合だったからだ」

叔父は話すのをやめ、舌先で乾いた唇をなめた。喉が渇くのだろう。僕は置いてあった水差しを叔父の口元にあて、水を飲ませた。口の端から水がたれ、シーツを濡らした。

「まさかな……」

首をふって水差しを外させると、叔父がそう呟いた。

「まさか、君に看護を受けるようになるとは思わなかったよ」

「別に看護しているわけじゃないです。ただ知りたいことを話してもらいたいだけです」

「そうか……、まあ、いい。で、後は何を話してもらいたい？」

叔父の眼は挑発するように、僕を見つめていた。僕は少しためらいながら、言った。

「では、小林を殺した前後のことなど」

「あれも、俺の仕業だと言いたいのか？」

叔父は面白がっているようだった。

「いいか、まだ君は知らないかもしれんが、俺にはちゃんとしたアリバイがあるんだぞ。どんな名探偵も解けないような鉄壁のアリバイがな」

「名探偵にも解けない、ですか。面白い言いかただ。つまりそれは、解かれないようにしっかり作りあげられたアリバイってことなんですね」

叔父は虚をつかれたような表情になり、そして、また笑い出した。

「まいったな。せっかく苦労して作ったアリバイトリックなのに、自分でそれを暴露してちゃ、世話ないや」

「小林は十年前の事件を探っていました。そのために僕に近づき、僕の記憶を取り戻させようといろいろ小細工までした。それで邪魔になった、というわけですか?」

「まあ、な。奴は俺にまで会いたいと言って接触してきた。あんな小物にうろちょろされても、たいして危険もないだろうと思って高をくっていたんだが、奴の言うことを聞いてみると、意外に詳しく調査しているらしいんで、心配になったんだ。それで少しこちらでも調べてみたら、元刑事で例の事件を担当していたとわかった。これは放っておけないと思って、奴の指定通りにあの日、あの現場で待ち合わせしたんだ。事件について俺の知っていることを話すという約束でね。

最初から殺すつもりじゃなかった。あの手の連中は、金さえ出せばこちらの言うことを聞くもんだ。だが、万が一の覚悟はしていた。八方手をまわして、アリバイトリックを作っておいた。たとえあいつを殺さなければならなくなっても、疑われないようにだ。ためしにあの日の俺のアリバイを調べてみるといい。俺の無実を証明する者は十人を下らないはずだ」

叔父はそのアリバイを聞いてもらいたいようだった。

「それは後にしましょう。使われる前に破られてしまったトリックに、興味はありません」

自分でも冷酷に聞こえるような言い方だった。叔父が傷ついたように顔をしかめた。ずいぶん気が弱くなっているな、と思ったら、なんだか辛くなってきた。

「小林は、叔父さんの車であそこまで行ったんですか？」

「そうだ。待ち合わせが、俺たちの別荘のすぐ近くだった。そこで俺は小林に会った。そこでは家の者に見つかるかもしれないので、移動したんだ。初めは金でかたをつけようとした。だがやっぱり、奴は相手にしなかった。ジャーナリストの良心とか、真実の報道とか、いろいろ御託を並べて俺を責めた。聞きながら俺はだんだん腹が立ってきた。あいつは自分の言っていることなんか針の先ほども信じてはいないことがわかったからだ。単に奴は隠れたものを暴き立てたいだけなんだ。自分ののぞき見趣味を報道の自由とかにすり替えているだけの、屑だ。そんな奴にこの俺がいいように扱われていいわけがない。俺は隙を見て、足元の石で奴の頭を思いっきり殴った」

叔父の顔が紅潮していた。そのときの興奮が蘇ってきたせいなのか、それともまた危ない兆候なのか、僕にはわからなかったが、口ははさまなかった。

「実に簡単だった。倒した後もう一度首を絞めようと斜面を下りてみたら、もう死んでいたよ。ちょうどいい所に石が当たったんだな。俺は奴の呼吸が完全に止まっていることを確認して石を川原に投げ捨て、その場を立ち去った」

「死体をどうにかしようとは思わなかったんですか？」

僕の質問に、叔父は軽く首をふった。

「本当はな、死体を車で運んで、林の中に埋めるつもりだった。そのために車の中にシャベルも用意していたんだ。だが、できなかったよ」

「なぜ？」

「重すぎたんだ。俺は奴をひとりで持ち上げることができなかった」

そのまま、しばらく沈黙が続いた。しゃべりすぎた叔父は、ぜいぜいと喉を鳴らしながら息を整えている。僕は叔父の言葉に何と言ったらいいのかわからずに、ただその上下する喉仏をみつめていた。

「さすがに疲れたな」

叔父が苦しい息の下から言った。

「もうほかに質問がなければ、これまでにしよう。言っておくがな、ここで話したことを警察に言うのは自由だ。君にその判断をまかせよう」

「どうして……?」

「もう、いいんだ。俺は今まで、自分の信念を貫き通してきた。その結果、胡蝶グループはこれまで発展してきたと信じている。だが、もう、いいんだ。疲れたよ」

叔父は一度に老け込んだみたいだった。すべてをあきらめてしまった人間は、こんなふうに一挙に歳を取ってしまうのだろうか。父――雄一郎の眠り続ける顔にも共通する、絶望と諦観のおりまざった表情に、僕はほとんど哀れみに近いものを感じた。

「もっとも、警察が君の言うことを信用するかどうかはわからんがね。俺は君には話したが、この後は誰にも話さないつもりだ」

「僕も、話しませんよ。もう、こんなことで誰かが傷つくところなんて、見たくないですから」

叔父は僕の答えを聞くと、ひとこと、

「……甘いな」

「甘くて結構ですよ。最後に教えてほしいことがあります。これは叔父さんに尋ねるのもおかしいと思うんですが……」

叔父は黙ったまま、僕に先をうながした。

「雄一郎はいったい、何をしたかったんでしょうか？　気が違っていたとしか思えないんですが」

「違っていたとしたら、親父の方だ」

叔父は言った。

「あの遺言がすべてをおかしくしたんだ。親父は俺に芸術的才能はまるでないと思っていた。自分のその方面の才能は、兄貴がすべて引き継いでいると考えていたんだ。だからこそ、自分の芸術的情熱の結晶である胡蝶コレクションを兄貴に残そうとしたんだ。だが、あの頃の兄貴はすでに人間失格者だった。さすがにそれは親父の眼にもあきらかだ。このままあのコレクションを相続すれば、兄貴はさっさと売り払ってしまうだろう。それは親父にとっては耐えられないことだった。それで、相続者を兄貴ではなく、兄貴の子供に指定したんだ。兄貴の子供なら、少なくとも俺よりは芸術的才能はあるだろう、と考えたんだな。

ところが、兄貴は子供が作れなかった。俺も後に兄貴が通った病院とかを調べて、はじめて知ったんだがね。子供を作れなければ、あの財産は手に入れられない。焦った兄貴は、祥子に他の男の子を生ませて、それを自分の子として育てようとしたんだ。祥子の方も、それを承知で結婚したんだな。どちらも財産が魅力だったわけだ。

　祥子がどうやって他人の子供を生む段取りになっていたのかは、知らない。たぶん、どこかで通りすがりの男をつかまえて、種蒔《ま》きしてもらうつもりだったんだろう。兄貴のプライドの高さから考えれば、かえって見ず知らずの他人の方が傷つかなくていいと思ったはずだ。しかし、祥子が選んだのは、俺だった。兄貴が内心一番嫌っているはずの、弟の子供だった。どうしてそれに気づいたのか、まさか祥子が自分で話したとは思えないが、いや、あの女ならしゃべったかもしれんな。それができる女だった。

　兄貴がそれを知ったときの憎悪は、俺にもよくわかる。もし逆の立場だったら、俺も女房を殺していただろう。俺たち兄弟は憎みあっていた。経営能力と芸術趣味、お互いに親父から自分にないものを与えられた相手を羨《うらや》ましがり、妬《ねた》んでいた。それだけでなく、たとえ金目当てで結婚したとはいえ、自分の女房がその憎い弟の子供を身《み》籠《ご》もり、自分の子供として育ててきたと知ったら。本来自分が相続するはずの遺産まで、弟の子供の手に渡るんだ。あの執着心の強い兄貴が、遺産をあきらめてまで君を殺そうとしたとは考えにくいが、しかし祥子は殺したいほど憎いだろうな」

「だけど叔父さんは、そんな雄一郎を看病させているじゃないですか」

「看病、か」

叔父の笑みは、今まで見たことがないほど、残酷なものだった。

「あれが世間の噂どおり、麗《うるわ》しい兄弟愛の賜物《たまもの》だと思っているのかな。冗談じゃない。あれは俺が兄貴に与えた刑罰だよ」

「刑罰……」

「そうやすやすと死なせてやるもんか。できるかぎり生き延びさせて、苦しみを長く味わわせてやりたかったんだ。だから、この病院に最新鋭の機材を揃えさせ、兄貴を絶対死なせないようにした。じわじわと死に向かって、だがその死ははるか先にある。兄貴は植物状態のまま、とほうもなく長い刑罰のときをすごすはずだった」

僕は正直な話、この叔父の言葉を聞いたときほど恐ろしい思いをしたことがない。ひとはこれほどまでに誰かを憎むことができるのだろうか。それも自分の実の兄を。それだけ叔父の母への愛情が深かったのだろうか。

「今、はずだった、と言いましたね。植物状態のまま生きていくはずだったと」

「もう、いいだろう」

叔父は深い溜息をついて、言った。

「俺は、もう兄貴の刑罰が終わるのを見届けることはできそうにない。いや、わかってるよ。俺の体のことはな。だから、さっき院長には話したんだ」

叔父の言葉の意味を、最初よく理解できなかった。院長に話？　僕は病室の前からこそこそ逃げ出すように消えた院長の、脅えた後ろ姿を思い出した。まさか……。

「まさか――！」

僕が叔父に詰め寄ろうとしたそのとき、病室のドアがノックもなく開けられた。

「裕司さん。大変です」

山田さんが、立っていた。彼女の言おうとしていることがもうわかっているような気がした。

「雄一郎様――お父様が、危篤《きとく》状態だそうです」

僕は、叔父の方をもう一度ふり返った。叔父は、薄く眼を開け、微笑んでいた。

27

山本雄一郎が死んだのは、その日の夜明け前だった。

急性肺炎と診断された。病状の急変について説明している院長の苦しげな様子を、僕は他の世界のできごとのように聞いていた。

これが病死などではなく、明らかに殺人であることは、わかっている。だが、僕にはそれを告発するつもりはなかった。僕には、もう関係ないことだ。

夜が明けると同時に、僕のまわりが慌ただしくなってきた。雄一郎の通夜は翌日に、葬儀は翌々日に行われるとか、そんなことが僕の眼の前で次々に取り決められていった。僕は喪主とかいう者になるらしい。

病院から帰ってくると、すでに家の周囲には黒と白の幕が張られ、礼服を着たひとたちが花輪や祭壇や提灯《ちょうちん》などを運び込んでいた。一体、誰がいつ指示したものか、まるで雄一郎の死を前々から知っていたかのような手際の良さだった。

葬式の準備に叔母も千秋さんも追われていた。叔父の病状も一時棚上げの状態だ。喪主という立場上、自分の部屋に引っ込んでいるわけにもいかず、と言ってすることもないので、僕は行き場がなくなって、仕方なく居間のソファに座っていた。

玄関からのざわめきが、遠くに聞こえる。僕はそれを聞きながら、今までのことをふり返っていた。

僕は雄一郎の子ではなく、真二郎の子だった。小林が言うように、僕は自分自身の手でそれを突きとめた。だがそれで、何が変わっただろう。僕はあい変わらず記憶を失ったままの、不完全な生き物でしかない。

わかったのは、僕がこの事件で一番の犠牲者だということ。たかがあんな美術品を相続するためだけに生み出された、法律上の手続きのための存在。それが、僕だ。

同時に、僕は一番の加害者でもあった。小林はいつだったか僕のことを「事件の動機」と言ったが、僕には加害者というほうが正しいような気がする。僕が生まれたせいで母は死に、雄一郎も死んだ。そして叔父——彼をどうしても父と呼ぶ気にはなれない——もまた死のうとしている。

さらに、僕はまたその記憶を取り戻せないものの、恐らく事件のすべてを目撃した証人であり、事件を掘り起こして再編成する探偵でもあった。

一人四役か。前にそんな推理小説を読んだような気がする。

僕はソファの上で、いつの間にかうとうとしてしまったらしい。だが、また例の蝶の夢を見て息苦しさに眼を覚ました。そのとき、例の絵が眼にとまった。

僕が初めてこの家にきたとき、壁にかかっていた蝶の絵だ。群がっている無数の黒い蝶。僕の夢の中にいつも出てくる不吉なイメージ。それが突然、ひとつの風景に重なった。林の真ん中の、草むらの風景だ。どこかで見た。デジャ・ヴではない、つい最近見かけた現実の景色だ。

やがて、思い出した。小林に連れられて雄一郎の別荘に探検にでかけたとき、彼が思わせぶりに連れていった林の中の風景だ。木立が途切れて低い草が生い茂っている、何の変哲もない普通の景色。それが妙に今、僕の心にひっかかった。

小林は僕にわざわざそこを見せようとしていた。そのときは彼の意図がよくわからなかったが、きっと何かを思い出させようとしていたに違いない。だが、それは一体何だったのか。

僕の夢に出る蝶はこの絵ではなく、あの林に関係しているようだ。

僕はためらわなかった。今やっと、自分の記憶再生にとっかかりが見えたのだ。この手がかりを逃したくはなかった。

葬儀の準備に忙しいみんなの眼を盗み、僕は簡単に手荷物をまとめ、家を出た。

列車に飛び乗ったのは、昼前のことだった。平日であるせいか、車内は空いていた。僕は手荷物を網棚に乗せると、座席に座って眼を閉じた。

いつになく興奮していたが、前日からの徹夜のせいかすぐ眠くなってしまった。頭の後ろからクモの糸のような眠気が広がり、僕を包んだ。冷たい窓硝子に額を押しつけたまま、僕はいつしか眠り込んでいた。

途中で誰かが僕の前の席に座った気配がして、ふと僕の頰に手をふれたような気がした。だけど、悪い夢の中にいた僕は眼を開けなかった。列車の揺れにふと眼を覚ますと、もう終点の駅にいた。三時間まるまる寝ていたらしい。前の席には誰も座っていなかった。

その駅から乗り換えてさらに一時間ほどで、※※駅に着いた。厚い雲におおわれた空は、すでに翳り始めていた。急がなくては。僕はそのまま雄一郎の別荘へ向かった。何度目かの道。僕は引きつけられるように進んだ。胸の中で、何かが渦をまいている。大きな不安と少しの期待。どこかで鳥が鋭く鳴いた。同時に頰にひやりと当たるもの。どうやら雨が落ちてきたようだった。僕は思わず舌打ちをした。雨具を持ってくるのを忘れてしまったのだ。僕は先を急いだ。

ふいに、後ろの方で草の折れる音がした。僕はぎょっとしてふり返った。何もいない。しばらく立ち止まったまま、耳をすましていたが、音はもう聞こえなかった。

「どうかしてるな」

口に出して、言った。その声が妙に震えていたので驚いた。脅えるなよ、おい。

息が切れて、喉が潰れてしまったような気分だった。僕は水筒も缶ジュースも用意してこなかったことを悔やみながら、歩き続けた。雨はだんだん強くなってきて、葉や枝を叩く音が僕の耳を激しく打った。寒気もする。とにかく、急がなければ、と疲れた体を無理やり動かし、なんとか別荘にたどりついた。

別荘は、そのままだった。どうやら警察はまだここを捜索していないらしい。僕は持ってきた鍵でドアを開けた。二階に上がり、母の部屋を開けた。

小林のザックは、僕がしまいこんだままの状態で、ベッドの奥に入っていた。その中を探り、携帯用の折り畳みスコップとビニールの雨具を取り出した。

少し疲れていたが、休憩はできなかった。もうすぐ陽が落ちる。できれば今日中に調べておきたかった。僕は雨がシャワーのように降り続ける中へ出ていった。

例の草地に迷わずに行けた。

静かだった。すっぽり被ったフードを叩く雨音以外には、何も聞こえない。そこはまるで死んだ土地のように、静寂だけが存在していた。

僕はその隅に立ったまま、目をこらした。記憶の奥でかすかに舞う蝶の姿を、僕は捜した。どこか、この土地のどこかで、実際に蝶が群れていたはずだ。そして、僕はたしかにそれを見たはずなのだ。

僕はゆっくりとあたりを見渡した。と、視界の端で、蝶の姿が見えた。はっとしてふりむく。幻覚だ。だが、わかった。僕に蝶の幻影を見せる場所が、そこにあったのだ。

そこは椎の木立を背景にした、草地の端だった。その場所だけ、草の背丈が低くなっていた。見ると、新しい草ばかりだ。間違いない。最近ここを掘り起こしたのだ。それが誰の手によるものかは、言うまでもない。

携帯用シャベルの柄を伸ばし、手入れのいい先の部分を草地に打ち込んだ。思った以上に簡単にシャベルが土に食い込んだのは、雨のせいだけではなく、土が柔らかく掘り返されているからだ。僕は自分の推論が的中したことに満足しながら、シャベルをふるった。

少しして、シャベルの先が、固い物を掘り当てた。周囲の土を取り除くように掘り出す。次第に埋められていた物が表に出てきた。

それは、木の箱だった。長さ一メートルくらいの、しっかりした造りの木の箱。ところどころ腐って柔らかくなっているところをみると、埋められて何年も経っているらしい。と言うことは小林が埋めたのではなく、彼が捜し出したと考えたほうがいいようだ。

すっかりあらわになった木の箱は、雨に洗われている。蓋の部分は釘で打ちつけられていたが、それも最近になって引き抜いた痕があった。釘の頭が二センチほど飛び出ている。僕はポケットを探って鍵束を出すと、二本の鍵で釘の頭をはさみ、てこの要領で引き抜いた。釘は草の葉を引っ張ったように簡単に抜けた。

蓋を閉じていた釘を全部抜くと、僕は息を整えた。何が入っているのか見当もつかないが、とにかく僕の失われた過去に関連していることだけは、たしかだ。僕は深呼吸して、蓋を開けた。

次の瞬間、僕は悲鳴をあげた。

蓋を放り出し、泥の中に尻餅をついた。僕はそのとき、たぶんとてもなさけない格好をしていただろう。箱の中の骨は、そんな僕の姿を嘲笑うかのように、白い歯をむき出しにしていた。

そう、それは骨だった。まぎれもなく、人間の骨。小さな頭蓋骨が、肋骨が、腰骨が、雨にさらされていた。

僕は最初の衝撃が去ると、恐る恐るその骨を覗き込んだ。どうやら子供の骨らしい。僕より小さい。たぶん、五歳かそれくらいだろう。五歳——！

僕は眼をむいてその骨を見つめた。次第にわかってきた、その骨の正体。それは——。

気がつくと、僕は大声をあげていた。頭の中できりきりと脳がつぶされていくような、あるいは首筋に何匹もの虫が這っているような、体中の血が冷えていくような、発狂の瞬間とはまさにこのような気分なのではないかと思うほどの衝撃が、全身を襲っていた。

雨に濡れた骨が、僕を指差していた。その指――左手の小指は第二関節から先がすっぱりと切り落とされていた。

信じられないことだけど、そこに横たわっているのは、僕の死体だった。

28

いつしか雨は雷鳴を呼んでいた。汚れた窓硝子に一瞬の光が宿り、地を這うような響きが聞こえてきた。

どうやって別荘まで戻ったか、覚えていない。気がつくと雨具もシャベルも放り出し、僕はびしょ濡れで床に座り込んでいた。

全身を悪寒が走っている。体を強く抱きしめても、震えは止まらなかった。

僕は体をまるめ、うずくまる。震えはいよいよひどく、眼球の奥がじんじんと染み出すように痛んだ。風邪をひきそうだ。

立ち上がり、二階へ行く。母の部屋に小林のシュラフが広げたままになっていた。僕はそのファスナーを開け、中に入った。煙草臭かったが、我慢して眼を閉じた。とにかくこのまま眠ってしまおうとしたが、どうしても雨に濡れた骨が眼にちらついて、眠れない。

僕は今見た光景を、忘れたかった。十年も前に殺され、埋められていた僕の死体。

小林の言葉がよみがえる。

——君はいったい誰なんだ？

僕はいったい誰なのだろう。今まで僕が調べ、推理してきたことが、すべてひっくり返されてしまった今、僕は再びその問いに向き合わねばならなかった。

小林はあそこに骨が埋められていることを、前々から知っていたはずだ。だからこそあのとき僕をあの場所に誘い、僕の記憶を引き出そうとしたのだ。

深見警部の言葉によれば、彼は刑事時代この別荘で起きた事件にひとかたならぬ情熱を持って、かなり突っ込んだ捜査をしていたという。しかし、ある日を境に突然捜査への興味を失ったらしい。その日とは、彼があの骨を見つけた日ではなかったか。つまり、強力な証拠を見つけたために、かえってだんまりを決め込んでしまったのだ。

その気持ちは、想像できないこともない。小林は警察内部がこの捜査を穏便に終結させようとしている雰囲気を感じて失望し、自分だけで調査しようとしたのではないだろうか。彼のような自己顕示欲の強い男なら、警察官としての功績よりも、小林伸吾個人としての名声を欲しがったとしてもおかしくない。彼は警察を離れ、フリーライターとしてこの事件を追った。そして僕という格好の素材に事件を再発見させ、それを自分の功績として発表しようとしたのだ。

でも、彼はあの骨の正体を知っていたのだろうか？

と、そこまで考えたとき、僕はあっと声をあげた。小林のメモの中に綴《と》じてあった古い新聞の記事。当時この周辺で起きた子供を狙った連続誘拐殺人事件。犯人が自白した被害者はすべて死体で発見された。しかし、どうしてもふたりだけ、発見できない子供がいる。その子については、犯人もひとりの殺害は自供したが、もうひとりについては自分ではないと否認し続けていた。

僕の想像は間違っているかもしれない。でも、もしかして……。

その中のひとりを誘拐したのは、逮捕された犯人ではなく、雄一郎だったのではないだろうか。

雄一郎は、裕司が弟の子だと気づいて、怒り狂った。よりによって自分のもっともきらいな男の子供を自分の息子として育てていたのだ。祥子と裕司を憎み、彼はふたりを殺そうと決意した。それは真二郎の言うとおりだったのだろう。しかし、真二郎も「あの執着心の強い兄貴が、遺産をあきらめてまで君を殺そうとしたとは考えにくい」と言っていたではないか。

事実、雄一郎は父親の遺産を棒にふるつもりはなかったのだ。そのために彼は計画を立てた。当時騒がれていた誘拐事件をかくれみのにして、息子に似ている同年代の子供をひとり誘拐した。

僕の記憶が失われているのは、誘拐されるときに雄一郎に殴られたせいかもしれない。あるいは誘拐されたショックで僕の頭がおかしくなったのかもしれない。いずれにせよ、それは雄一郎にとって好都合だったろう。たとえ物心がつく前であっても、五歳の子供にもそれなりに記憶があるのだから、彼の子供として育てる際には邪魔になったはずだからだ。

そうしておいて、彼は妻と子供を殺そうとしたのだ。まず子供を殺し、死体をあの草地に埋めた——僕が記憶している蝶の群れは、たぶん死体の腐臭にまとわりついていたのだろう。僕はそれをどういうわけか目撃して、記憶の奥に刻み込んでいたのだ——。そして妻を眠らせ、自動首吊り装置にかけておく。そのまま出かけてアリバイを作り、真二郎と一緒に帰って事件を「発見」する。前もって祥子がアルコール依存症であるという話を流しているから、祥子が息子を虐待して記憶喪失にしてしまい、それを悔やんで首を吊ったという筋書きが、容易に導き出されるだろう。

それが、雄一郎の未完の犯罪計画だ。

それを、真二郎が図らずも阻止してしまった。

僕はシュラフから左手を出し、切り取られた小指を見つめた。あのとき、深見警部は何と言ったっけ。

——ただ震えながら指に巻いた包帯をしっかり嚙んで放さなかったのを覚えているよ。

二年も前の傷に包帯を巻いているわけがない。ということは、そのとき僕は指を失ったばかりだったのだ。多分僕と裕司を同一人物にするために、裕司そっくりに指を切り落としたのだ。

見つめているうちに、僕の手がぼやけてきた。止めようとしても、涙が止まらなかった。

僕は何なのだろう。たかがあんな遺産のために見ず知らずの人間に連れ去られ、記憶を奪われたうえに指まで落とされて、今の今まで自分の本当の姿を知らないでいたなんて。

僕は、道具だった。犯罪のトリックにすぎなかった。

一体、誰が僕にそんなことをする権限があるというのだろう。

自分を自分として生きることを許されなかった十年を、僕は憎んだ。あい変わらず僕は、記憶を失ったままだ。理屈ではわかっても、心の底から僕は僕を発見できたわけではない。

僕は僕を見つけられないままなのだ。

僕はゆっくりと闇の中を沈んでいった。

ああ、今は夢の中なんだな、と思った。どうやら眠ってしまったらしい。でも、この息苦しさは何だろう。それにこの寒さ。まるでいくつもの冷たい指に、体中をいたぶられているみたいだった。

きりもみする凧《たこ》のように、僕は旋回しながら闇を潜っていく。

と、前方に光の点が見えた。

あっと思う間もなく、僕は眩い光の中に飛び出す。そこは、白い霧におおわれて何も見えない世界だった。

息苦しさの中でまわり続ける僕の耳に、そのときかすかな音が聞こえた。

ぱさぱさ　ぱさぱさ　ぱさ

首を曲げると、黒い蝶の一群が僕を追い越して飛んでいくのが見える。何十匹もの蝶が、黒い帯になって霧に溶け込んでいく。僕もなぜか、同じ所へ向かっているらしい。

やがて霧が晴れ、僕の前に緑が広がる。どこかで見たことのある風景。椎の木にかこまれた、草地。そこに蝶たちは集まっていた。

草地には、男がひとりいた。

後ろを向いているので、顔はわからない。彼はシャベルをふるって、地面を掘っていた。

土の掘り起こされる単調な音だけが、薄暗い草地に響いている。蝶たちは空中で輪になって、男が仕事を終えるのを待っていた。

男の側には、木の箱が置いてあった。

男がその箱を持ち上げる。そして、今掘ったばかりの穴に落とした。

がくん、という音とともに、箱は暗い穴の中に吸い込まれる。その上に男が土をかぶせ始めた。黒く湿った土の山が、少しずつ箱の姿を隠していった。

箱がすっかり土に覆われ、その痕跡も見えなくなると、男はシャベルを捨て、ふいに僕の方をふり向き、

――今日から、おまえが俺の息子だ――。

僕は悲鳴をあげようとしたが、できなかった。声は喉の奥でつぶされ、虚しい吐息になる。

――今日から、おまえが俺の息子だ――。

雄一郎は、もう一度言った。黒い蝶の群れが空から降ってきて、箱を埋めた土の上と雄一郎を覆った。乾いた男の笑みが、黒い翅に隠される。

突然、景色が変わった。

どこかの家の中だ。僕はあい変わらず、立ったままでいる。

がたん、と大きな音がして、僕を驚かせた。顔を上げると、男が空から降ってきた。僕の目の前を、男が落ちていく。そのびっくりしたような横顔を、僕はたしかに見た。

それは、雄一郎の顔をしていた。

もう一度、大きな音がして、男は床に倒れ込んだ。眼鏡が割れて、僕の足元まで飛んでいた。男の額が割れて、赤い筋が眼から頬にかけてゆっくりと流れていった。

その男の隣に、もうひとりの男が倒れていた。

そちらの男は、別に血は流していないらしい。苦しげに呻き声をもらしている。

突然、上から悲鳴が聞こえてきた。

見上げると、小さな影が、僕を見つめていた。

僕に何か言おうとしている。僕は答えようとして、声をつまらせた。小さな影は、僕の方に下りてこようとしていた。

そのとき、呻いていた男が叫んだ。

「くるなっ！」

そして、僕は――。


何かのうなり声に、僕は目覚めた。

眼を開けても、声は終わらない。それが自分のあげる悲鳴だということに気づくまで、僕は叫び続けていた。

全身に汗をかいて、体がぐっしょりと濡れているようだった。寒さで体の震えが止まらない。霞がかかったような視界のむこうに動く影が見えたが、それが何かわからなかった。ただ、寒くて、苦しかった。

影がまた動いて、僕に近づいてきた。冷たいタオルの感触が、僕の額を覆う。その冷たさで僕は正気に戻った。眼を瞬き、いるはずのない姿を眼の前にして、僕は言った。

「なぜ……？」

「風邪ひいたみたいね」

泉はタオルで僕の頬をふきながら、言った。冷たい感触が、ゆっくりと動く。

「跡を、追《つ》けてきたのか？」

僕が尋ねると、泉はうなずいた。

「どうして……？」

「裕ちゃんが荷物持って出て行くところを、見ちゃったの。ひょっとして家出するつもりなんじゃないかと思って、あたし、そっと追けてきた。お金持ってきてよかったわ。裕ちゃんが電車の切符を買うのを見てたらここへ行くつもりなのがわかったから、裕ちゃんがいなくなってから切符買って、そっといっしょの電車に乗ったの」

家から追けられていたなんて、まるで気づかなかった。なんて間抜けなんだろう。

「裕ちゃんがここへ来るつもりなんだってわかったから、あたし、そっと追《つ》いていったんだけど、一度気がついたでしょ？」

あのときだ。草の折れる音にふり返ったとき――。

「裕ちゃん、別荘に入ってすぐ出ていったけど、雨がひどくなってきたから、この別荘で待ってたの。隣の子供部屋で」

あの子供部屋。壁いっぱいに書かれた落書きは、僕の作ではなかった。きっと本物の裕司は、僕よりずっと奔放で元気な子だったのだろう。そう思ったら、また悪寒がひどくなってきた。

「裕ちゃん、風邪ひいたらしい」

「うん、大丈夫？」

僕はシュラフから出ようとして、眩暈をおこしかけた。倒れそうになるのを、泉が支えてくれる。

「熱があるみたい。お医者さん呼んでくるわ」

「いや、いい」

僕は泉の手をふりほどいた。

「寝ていれば、治るよ。僕は今、誰にも会いたくない」

僕の拒否の言葉が、思った以上に傷つけてしまったらしい。泉の瞳が霞んできた。

「ごめんなさい……」

「いや、あやまらなくたって……。僕はただ……」

「ごめんなさい。ごめんなさい」

細い指で顔を隠しながら、泉はそう言って泣いた。

「泉にあやまってもらわなきゃならないことなんか、なんにもないじゃないか」

叔父に伝言電話の番号を密告した以外はね、と心の中で呟く。初めて伝言電話にかけたとき、受話器をおろす瞬間に聞こえたカチッという音のことを、もっと気にしていればよかったのだ。あれは、泉が他の部屋の電話機で盗聴していて、僕より先に受話器をおろした音だ。僕が押したプッシュ音を覚えていれば、伝言電話の番号を割り出すのは簡単だ。そうして泉と叔父は、僕と小林のやりとりを盗み聞きしていたにちがいない。小林が言っていた盗聴とは、このことだったのだ。

でも、僕はそのことで泉を責めるつもりはなかった。もう、そんなことはどうでもいいと思っていた。

「ちがうの。ちがうのよ」

泉は僕の腕にしがみついて叫んだ。

「あたしが、あたしが、伯父様を、突き落としたの！」

「あの日、あたし、パパの車に乗って遊んでいたの。パパもママも遊びに連れていってくれないし、つまんなくて。そしたらそのうち車の中で寝ちゃったのね。眼を覚ましたら、車はもう動いていて、パパが運転してたわ。あたしが後ろの席にいること、気づかなかったみたい。あたし、怒られたくなくて、じっとしてたの。

そのうち車が停まって、パパが出ていったの。あたしも後からそっとついていった。パパはあたしに気がつかないで、この家に入っていったの。

パパが中に入った後、あたしは外で入ろうかどうしようか迷っていたの。そしたら急にドタンってすごい音がして誰かの声がしたのよ。あたしびっくりして、思わず家の中に飛び込んじゃった。そしたら、部屋の中でパパが倒れていた。びっくりして『パパ、パパ！』って言いながら近づいたら、急に知らない男のひとが出てきたの。

あたしをみるなり、とても怖い顔してね、『おまえもおれのじゃまをするかあっ！』って言いながらあたしを追いかけてきたの。

あたし、怖くて、『ごめんなさい。ごめんなさい』って言いながら、逃げたわ。なぜ追いかけられるのか、そのときはわからなかったけど、あやまっても許してくれなかった。

あたし、二階へ逃げた。男のひとも追いかけてきた。階段を登った所で転んじゃったら、男のひとはあたしの足をつかんで引きずり降ろそうとしたわ。あたし夢中で蹴ったら、男のひとの顔に当たって、ぎゃって言って、階段を落ちちゃったの」

泉はまるで何かにとりつかれたみたいに、喋《しゃべ》り続けた。

「男のひとは階段の一番下まで落ちて、動かなくなっちゃった。びっくりして下を見たら、そのとき階段の裏から男の子が出てきたの。あたし、またびっくりしてその子に『あぶないよ』って言おうとしたの。でもその子、何にも見えないみたいにふらふら歩いているだけで、あたしの方を見てもぜんぜん何も言わないの。あたしがその子の所へ行こうとしたら、パパが眼を覚まして、『くるなっ！』って怒ったわ」

今見た夢のとおりだった。僕は、黙ったまま、泉の話を聴いた。

「パパは起き上がって二階にきて、『どうしてここにいるんだ』って怒ったの。あたし車の中で寝てたこと言ったら、パパは『なんてことだ』ってまた怒ったわ。倒れている男のひとを見てパパは『俺が兄貴に殴られたことまでは覚えているけど、後はどうなったんだ？』ってきいたから、あたしがあったとおりのことを言ったの。そしたらパパは男のひとを見て『自業自得だな』って。そして『おまえを別荘に送り返すから、今日のことは誰にも黙っているんだ。ママにも言っちゃいけないぞ』ってとても怖い顔で言った。あたし、約束したわ。そしたらパパは立っている男の子――

裕ちゃんを見て『どうやらおかしくなっているらしい。でも念のためにここであったことは忘れるように言わなくちゃな』って言ったわ。その後、車に乗せてもらって、別荘まで帰ったの」

途中、涙で途切れながらも泉は語った。

僕には、返す言葉もなかった。真二郎は、自分の娘を守るために、雄一郎の事件を隠し、小林を殺したのだ。留学の話を僕から泉に変えたのも、小林が事件を追及し始めたので、泉を海外へ避難させようとしたのだろう。

泉はすべてを話した後、またひとしきり泣いた。

「パパは後から、裕ちゃんがなぜ記憶をなくしたか教えてくれたわ。伯父様が、裕ちゃんを殺そうとして殴ったせいだって。裕ちゃんもあたしみたいに伯父様に追いかけられたんでしょ。怖かったでしょ。そう思ったらあたし、裕ちゃんのこと、いっしょの人間みたいな気がして。だから、あたしが裕ちゃんを守ってあげなきゃって、ずっと思っていたのよ。だってあたししか、裕ちゃんのことをわかってあげられないもの……」

裕ちゃんを守ってあげなきゃ、か。

僕は泉の肩を抱きしめた。

「ありがとう」

まだ泣き続ける泉に言った。

「今まで、ありがと。今度は、僕が泉を守ってあげるから」

僕は自分を、誰にも受け入れられない人間だと思い続けてきた。だから友達も作らず、ひとりきりでいようとしてきた。傷つくよりは、その方がずっといいと思っていたから。

でも、僕には見えていなかった。泉がこれほどまでに、僕を気にしてくれていたことが。彼女でさえ、僕のことをうわべしか見ていないと思い込んでいたのだ。

泉は真剣に僕を守ろうとしていたのだ。たとえそれが、自分の犯した罪の免罪符代わりだったとしても、僕にはそれが、うれしかった。

「あたし、許してもらえる？」

泉が尋ねる。思えば彼女は僕に「ごめんね。ごめんね」と言い続けてきた。その意味が、やっとわかった。今まで彼女がどれだけ苦しんできたかと思うと、胸が締めつけられるような気持ちだった。

「誰にだって、許してもらえるよ」

僕は答える。泉はほっとした表情になり、僕の額に自分の額を押しつけてきた。

「裕ちゃん、熱あるみたいね。やっぱりお医者さんに診てもらおうか」

「大丈夫だよ。暖かくして少し寝てれば、よくなる」

「そう、じゃあ……」

泉は僕のシュラフにもぐり込んできた。

「いっしょに、暖かく、しようよ」

29

僕の熱は次の日にはひいたが、僕たちは家には戻らなかった。

その次の朝、僕たちは外に出て、食料その他を買い込んできた。そして、そのままこのボロ別荘で暮らし始めた。

それは、とても「暮らし」と呼べるようなものではないかもしれない。しかし、僕たちはできるかぎり、ここにいたいと思ったのだ。

真二郎の病状がどうなったのか。叔母たちは僕たちを捜しているのか。そういった世間のことは、あまり気にしていない。僕たちはまるで逃亡者のように、ひっそりと身を隠している。

泉はもう家に帰りたくない、と言う。帰れば、アメリカへ強制的に留学させられてしまうからだ。父親の真意を知って、一度は日本を離れようと思ったが、今は絶対どこへも行きたくない、と言う。

僕も家に戻りたくないという気持ちだけは、同じだ。僕を道具としてあつかうだけの連中の所へは、もう帰りたくない。

だから、こうして暮らし始めた。

僕たちは小林の残したキャンプ道具を使って、少しの食料を分けあい、同じシュラフにもぐり込んで眠った。まるで、無人島にとり残されたような生活だ。僕はそれに、食料といっしょに、レポート用紙とシャープペンシルを買ってきた。

僕と泉の物語を書き始めた。

それが、この文章だ。

別に小林の遺志を継ぐつもりはない。むしろ、事件のことは誰にも知られたくないと思っている。

だが、あまりにもてあそばれ続けた僕にできる抵抗といったら、これくらいしかない。

僕は犠牲者。

僕は加害者。

僕は探偵。

僕は証人。

僕はトリック。

そして、僕は記録者になる。


もう、書いておくべきことは、あまり残っていない。

たとえば、小林の腹部にあった傷。あれは泉の仕業だった、ということ。

最初は泉がひとりで伝言電話を使い、小林に会いに行ったのだ。僕に近づかないように頼むつもりだったという。だが、どうしても聞き入れてくれなかったので、思わずナイフで彼を刺した――ナイフがどこにあったのか、泉は言葉を濁したが、たぶん、自分で用意していったのだろう。彼女も覚悟していたのだ。

「あたし、てっきりあのひとを殺してしまったと思った」

と泉は僕に言った。だが、実際はほんのかすり傷だった。小林は泉の狼狽ぶりから何かを感じたのだろう、今度は自分から真二郎に電話を入れて、娘の殺人未遂を警察に知られたくなかったら、自分の取材に協力しろと脅迫した。それで真二郎は、脅迫者を抹殺してしまったのだ。

小林が電話で泉に思わせぶりなメッセージをよこしたのは、そういう意味だったに違いない。

泉も僕同様、みんなにいいように利用されていたのだ。

もうひとつ、忘れていた。

小林がメモの中にはさんでいた連続幼児誘拐殺人の記事を読み返していて、判ったことがある。行方不明のふたりの子供のうち犯人が自分がやったのではないと主張しているひとり。その父親の言葉が載っていた。

――代々やっていた漁業がうまくいかなくて、最近こちらに越してきたばかり。ようやくここで新しい生活を始めようとしていた矢先だった。犯人のことは憎んでもあきたらない。はやく本当のことを言ってほしい――。

その父親の写真はなかった。だが漁師をやっていたなら、きっとその体は逞しく陽に焼け、掌も大きく、力強いことだろう。

幻の中で僕の手を包んでいたあの手のように。

僕はその父親の名を覚え、行方不明の子供の名を覚えた。たぶん、それが僕の本当の名前なのだろう。しかし、やはり僕にはピンとこなかった。

この二ヵ月あまりの探偵仕事で、僕はやっと僕の所へたどりついた。だが、あいかわらず僕は記憶を失ったままだ。客観的な事実と主観的な理解との間には、まだ大きな隔たりがある。僕が本当にこの行方不明の子供なのかどうか、この結論は、僕の記憶が完全に戻らないかぎり、はっきりはしないだろう。きっと小林もその確証がつかめなくて、僕の記憶を引きずり出そうとしたのだろう。僕は僕が誰なのか、いまだに判らないままだ。

ここで暮らして、もう二週間になる。

食料も尽きてきたし、僕も泉も疲れている。それにあの外見のわりには狡猾な深見警部が、僕たちを今まさに追い詰めているところかもしれない。

このままいられないことは充分承知しているが、僕も泉もそのことを話し合ったりしない。ただ、窓に来た鳥のことを話したり、雨に煙る林の様子をながめたり、シュラフの中で子猫のようにじゃれあったりしている。

もし万が一、僕が真二郎の実の子だったとしたら、僕たちのしていることは――考えないでおこう。

小林のことも時々考える。彼は本当に中沢祥子が好きだったのではないだろうか。ファンとかそういう枠を越えて、祥子を愛していたのではないか。だからこそ、あんなにも執念深くこの事件を追い続けてきたのだ。そう思うと、最初は腹の立ったあの仕打ちも、なんだか許せるような気がする。小林は彼なりに、自分の想いを遂げようとしたのだ。真犯人を暴くという方法で。

今、僕は母の部屋でこの文章を書いている。窓の外では次第に強くなる陽射しを浴びて、樫の緑が色濃くなっていく。もう初夏に向かい始めた空に、厚い積雲が浮かんでいたりする。

とても、平和な風景だ。

泉は川で、食器を洗っているだろう。

小林の持っていた携帯ラジオから、歌が流れている。ボズ・スキャッグスの『ウィ・アー・オール・アローン』。

みんな、ひとりぼっち。

僕も泉も、お互いにそう思っているのかもしれない。

さっきまでここにいた泉が言った。

「死んじゃったら、ひとりぼっちになるのかなあ……」

泉の言いたいことは、わかるような気がした。僕も泉もそのことを考え続け、まだ言い出せないでいる。

「死ぬときは、ひとりぼっちだよ」

言ってから、僕はそれが泉の好きな小説の題名だと気づいた。

「あ、ブラッドベリだあ」

泉がそう言って笑った。この別荘ではじめて笑った。とても、すてきな笑顔だった。

文庫版あとがき

巻末に立派な解説が添えられる以上、本来なら文庫にあとがきは不要だと考える。

だが、この作品にかぎって僕は、作者としての顔をもう一度さらしておこうと思う。『僕の殺人』は作家・太田忠司のデビュー作であると同時に、僕個人にとっても忘れ得ない記念碑であるからだ。

当時、僕はある自動車部品メーカーに勤めていた。ちょうどバブルの真っ盛りで、車は造る端から買われていき、生産ラインは発狂状態だった。当然部品メーカーも昼夜を問わない生産体制が敷かれ、交替で二十四時間、部品を製造しつづけることもあった。

僕は品質管理の部署にいた。得意先である自動車メーカーと仕入先である小部品メーカーの双方に、顔を出さなければならない仕事だった。納入した製品に不良が出れば、得意先のラインまで飛んでいって交換、選別をし、不良発生の原因と対策についての報告書を書かなければならない。不良の元となった小部品メーカーに行けば、こんな材料じゃ良品は取れない。こんな金型じゃ歩止まりが悪すぎる。もっと品質レベルを落としてくれないと採算が合わないと強談判される。もともと人嫌いなはずの僕が双方をなだめたり、同情したり、ときには怒る演技を見せて（実際に怒髪天を衝く状況も何度かあったが）折り合いをつけ、やっと対策ができた頃には、またまた別の不良が発生する。まさに、いたちゴッコの毎日だった。

それに新製品開発の仕事が重なれば、やらなければならない仕事は増えるばかり。とても定時間内に終わるはずもなく、毎月の残業は百時間を超えていた。

その頃からマスコミなどで「過労死」の問題が取り上げられるようになる。テレビで夫を亡くした妻が「あのひとは毎日夜九時まで働いていました。それが三ヵ月も続いたんです」と涙ながらに語っているのを見て、「じゃあ、どうして僕は死なずにすんでいるんだろう」と自問したのも、その頃のことだ。

引っ張りすぎた糸は、しかしやがては切れる。ある日僕は、ベッドに縛りつけられて点滴の針を突き立てられた自分を発見する。体も心も、古雑巾のように擦り切れていた。

そんな中で自分を保っていられたのは「僕はものを書く人間なのだ」という意識を

捨てないでいたからだ、と今になって思う。

当時『ショートショートランド』という雑誌で募集していた「星新一ショートショートコンテスト」で『帰郷』という作品が優秀作に選ばれたのは、僕が大学四年、二十二歳の時だった。それ以降、僕は月に一作のペースでショートショートを書き、編集部に送った。もちろん依頼原稿ではない。出来がよければ掲載。悪ければ音沙汰なし。打率は三割もなかっただろう。

それでも僕は書きつづけた。就職して六畳一間の寮にふたりで入っていたときも、同室の者に隠れてこっそりと書いた。書くことが、自分を自分で在らしめる唯一の方法だと思っていた。

『ショートショートランド』は昭和六十年に終刊となり、ショートショート掲載の器を引き継いだ『IN☆POCKET』誌も、やがて発表の場ではなくなっていった。これは僕にとって大きな衝撃だったが、それでも書くことはやめなかった。僕にとって書くことは呼吸と同じだったのだ。息を止めれば、死ぬ。

「本格ミステリを書いてみないか」と、かつての『ショートショートランド』編集者に持ちかけられたとき、だから僕は躊躇しなかった。もともとミステリこそは、僕が書きたくて書きたくて書きたくて（以降、同じ言葉が十万回続く）しかたなかったものだ。その気になれば一年くらいで書けると思った。

実際は二年かかった。今から思えば、土日の休みさえ吹っ飛ぶ激務の中でこつこつと書いていたのだから、二年で完成させることができたのは奇跡に近い。それも買ったばかりのワープロの前に座ったまま一言もひねり出せず、書いた文章も削除しつづけ、癇癪を起こしてフロッピーをごみ箱に放り捨てたりした末の完成だった。

『僕の殺人』は、まさに難産の末に生まれた何ものにも代えがたい作品なのだ。

しかし出来上がった作品は、当初意図していたものとはいささか違った色合いを持っていた。僕はもっと本格っぽいミステリを書こうと思っていた。だが『僕の殺人』で描かれているのは、もっと熱くどろどろした、溶岩のような感情の迸りだった。

この作品を発表したとき、一番多く寄せられた反応は「中学生がこんな難しい考え方をするわけがない」という批判だった。中学生の頃から小難しい言葉を弄していた僕には、その評はあまり納得できるものではなかったが、それでもわざわざ中学生を主人公にした理由は、作者としてもはっきりと説明しきれない。だが、こうでなければならないことは、たしかだ。

今回文庫化のために読み直してみて、僕は正直な話、へこたれてしまった。文章の拙さや構成の不器用さに眼を覆いたくなる気持ちもあったが、それ以上に一語一語の中に籠められた「想い」のようなものに圧倒されてしまったからだ。それでいて、まるでナイフの刃先を歩いているような危うさがある。僕はあのとき、このようにしか文章を紡げなかったのだろう。

今の僕ならこんな文章は書かない。いや、書けない。だから文庫化にあたっても、必要最小限の部分以外には手をつけないことにした。ミステリとして見るとき、どうしても直しておきたい部分もあるのだが、現在の僕の文章が紛れ込めば、この作品は瓦解してしまうだろう。まさに「こわれもの」なのだ。

現在の僕は、すでに十作以上の作品を仕上げている。その間に勉強したり洗練されたり悪擦れしたりして、この作品を書いた頃よりはプロらしくなったかもしれない。

だが、根っこはやはり変わっていないだろう。これから先に書くであろう作品の中にも、山本裕司と泉は、いる。彼らは語りつづける。「作家は処女作に向かって成熟する」という言葉は、実はそういうことではないのか、と思うのだ。

一九九三年六月

太田忠司

二十八年後のあとがき

そして今も、処女作に向かって成熟を続けている――と書いてしまえば、きれいに終わるかもしれない。でもそれではさすがに芸がないので、現時点で記しておきたいことを綴《つづ》ろう。

現時点――この文章を書いているのは二〇一六年の十二月だ。

『僕の殺人』をいつ書き始めたのか、はっきりとは覚えていないけれど、一九八八年だったことは間違いないと思う。二十八年前のことだ。

なんだか途方もなく昔のことのように感じる。長編小説を書くためにワープロを購入した。当時毎晩のようにアクセスしていたパソコン通信のチャットでキー入力のスキルを鍛えた。バブル真っ盛りの激務状態の中、時間を見つけては書き続けた。プロになるどころか、書いている原稿が本当に本になるのかどうかもわからない。それでも二年間、こつこつと書いていた。

書き終えたのは一九八九年の年末だった。ワープロに内蔵されていたプリンタは印字が遅くて、四百五十枚の原稿を印刷するのに一晩かかった。その原稿とフロッピーを封筒に入れ、東京へ送った。

受け取った編集者の名前は宇山秀雄。後に宇山日出臣というエディターネームを使うようになる人物だった。

話はさらに少し遡《さかのぼ》る。一九七九年に星新一ショートショート・コンテストが始まった。その名のとおり星新一先生が選者として応募してきた原稿の中から優秀なものを選ぶものだった。このコンテストを発案したのも宇山さんだったらしい。

僕はそのコンテストの第三回に応募した『帰郷』という作品が優秀作に選ばれ、この世界に足を踏み入れた。当時はまだ大学生だった。『帰郷』は創刊された「ショートショート・ランド」というショートショート専門誌に掲載され、後に単行本に収録された。

僕が「ショートショート・ランド」の編集者としての宇山さんに出会ったのも、その頃だ。新本格作家の誰よりも、面識を得るのは早かったわけだ。

宇山さんは「ショートショート・ランド」休刊後、若い小説家志望者に本格ミステリを書かせることで、ひとつのムーブメントを起こそうとしていた。当時すでに綾辻行人や法月綸太郎、歌野晶午、我孫子武丸といった新人をデビューさせていた。そのムーブメントは「新本格」と呼ばれるようになった。

さらに多くの書き手を世に出そうとした宇山さんが声をかけたのが、ショートショート・コンテストの受賞者たちだった。その頃、受賞者の一部は同人誌を作り、「ショートショート・ランド」が無くなって発表の場が消えても活動は続けていた。宇山さんとも交流があったのだ。

呼びかけに応じて何人かが長編本格ミステリを書きはじめた。斎藤肇、奥田哲也、井上雅彦、そして僕。

僕はミステリが好きだった。それも探偵小説と称されるタイプのものが好みだった。でも自分でそれが書けるとは思っていなかった。肝心のトリックを考えつくことができなかったからだ。

それでも宇山さんがもたらしてくれたチャンスを逃す気にはなれなかった。だから書いた。一生懸命、自分の持っているものを全部注ぎ込んだ。そうしてできたのが『僕の殺人』だった。

達成感はあった。しかし素直には喜べなかった。書き上がったものは、僕が望んでいたような探偵小説とは似ても似つかぬものだったからだ。

そのことは当然、書いている最中から気付いていた。これではいけないかもしれない。もっと本格ミステリっぽいものを書かなければ。そんな思いに駆られて、書いていた原稿を途中で投げ出し、全然別のものを書き始めてみたりもした――それが後に『上海香炉の謎』という作品になった――のだが、それも滞った。途中書きの原稿の中途半端に終わっている事件の行く先が、翻弄《ほんろう》されている登場人物たちの行く末が、気になってしかたなかった。今の自分は、『僕の殺人』という作品を書かなくては先に進めない。それが骨身に沁みるほどわかった。だからもう、本格ミステリがどうとか探偵小説がどうとかなんて考えず、書き進めることにした。

そんな作品だから、宇山さんに送ったときも自信はなかった。綾辻さんや法月さんと同じ列に並ぶものには思えなかった。かといって、他のものが書けたとも思えない。この作品が駄目だったら、もう長編なんて書くのはやめよう。プロになるなんて夢も見ないようにしよう。そう思った。

当時から宇山さんは忙しかった。読むべき原稿が山のように積まれ、風呂の中でも読んでいると聞いた。だから僕の原稿もすぐには読めないと釘を刺された。二年も待たせたんだから当然だと思った。何ヶ月か先に来るであろう連絡を待つつもりだった。

だが宇山さんから連絡が来たのは、三日後のことだった。溜まっている原稿をすっ飛ばして僕の書いたものを読んでくれたのだ。

「なぜか太田さんの原稿だけ、すぐにも読みたくなったんです。どういうわけでしょうねえ」

そう言って笑った。そして言った。

「四月の講談社ノベルス八周年フェアに出したいんで、すぐにもゲラを起こしたいんですが、校正も急いでお願いできますか」

言われていることの意味に気付くのに、少し時間がかかったと思う。

こうして『僕の殺人』は世に出たのだ。

一九九〇年にノベルス版で出版され、一九九三年に文庫になった。この本にも収録される当時の文庫版あとがきには、三年後に読み返した僕の当惑が記されている。たった三年での変化に驚いたらしい。

それからさらに二十三年、この文庫のために僕はあらためて『僕の殺人』を読み返した。

驚くなんてものじゃなかった。

なにより圧倒されたのは、その文体だった。まるでコンデンスミルクだ。甘ったるくて濃厚。粘度も相当なものだった。

頭の中のイメージを何がなんでも文章化しようという熱意が、行間から立ちのぼってくる。まだ小説を書く技術が拙い分、力業で強引に書いている。でありながら、いろいろなところに繊細な——いや、脆弱《ぜいじゃく》な部分が見える。譬《たと》えるなら、石や鉄骨を勢いで積み上げて、それが奇跡的なバランスで崩れずにいる、そんな印象だ。

これ、本当に自分で書いたものなのか。そう思いながらも、所々で記憶にあるフレーズが出てきて、それを書いていた自分の姿さえ思い浮かべることができた。そうだ、間違いなくこれは、僕が書いたものだ。

裕司に泉。このふたりも、今では決してこんなふうに書くことはできないけど、今でも彼らのような人物を書きつづけていることは実感している。

たしかにこれは、僕の作品だ。しかし今の僕が書けるものではない。だから今回のゲラでも修正は最小限に止め、現在の自分の文章が極力入らないように心がけた。

『僕の殺人』が再び世に出ることの意味について、考えている。

当時と今では、若者が置かれている状況はずいぶんと変わった。スマホどころか携帯電話さえない時代の話だ。作中に出てくる伝言電話なんて、今の若者は災害用のものしか知らないだろう。

それでも、ここには今に通じるテーマが書かれていると信じている。「自分とは何か？」という根源的な問いから人間が自由になることはないのだ。

発表当時、ラストシーンが悲劇的だと言われた。たしかにそうなのだけど、僕は悲劇的な中にも希望を見出せるように書いたつもりだった。その希望が見えるひとに、この本を捧げたいと思う。

二〇一六年十二月

太田忠司

この作品は１９９３年10月に刊行された講談社文庫を底本にしました。なお、本作品はフィクションであり実在の個人・団体などとは一切関係がありません。

徳間文庫

僕《ぼく》の殺人《さつじん》

2017年3月15日 初刷

著者 太《おお》田《た》忠《ただ》司《し》

発行者 平野健一

東京都港区芝大門二—二—二〒105—8055

発行所 株式会社徳間書店

電話 編集〇三(五四〇三)四三四九
販売〇四八(四五一)五九六〇

振替 〇〇一四〇—〇—四四三九二

印刷 凸版印刷株式会社

製本 ナショナル製本協同組合

ISBN978-4-19-894210-6 (乱丁、落丁本はお取りかえいたします)